徳間文庫

世界は破滅を待っている

赤川次郎

目次

コピールーム立入禁止

1

塚本茂《つかもとしげる》は朝のコーヒーを、ゆっくりと味わった。

七時十五分。いつもなら、まだ眠っている時間だ。七時半に目覚まし時計が鳴り、七時五十分頃になって、やっと起き出し、八時に顔を洗って、八時十五分頃、アパートを飛び出す。

そして八時二十九分の電車に辛《かろ》うじて飛び乗り、イライラと戦いながら、運が良ければ八時五十八分に会社へ飛び込む。運が悪ければ——敢《あ》えて説明の必要はあるまい。

課長の冷たい視線を浴びながら、電車が遅れたのが悪いんだと口の中で呟《つぶや》きつつ席につくときの惨《みじ》めな気分は、経験した者でなくては分かるまい。

十分早く――いや、五分でも早く家を出れば……。

人はよくそう言うけれど、朝の五分がいかに千鈞《せんきん》の重みを持っているものか。その五分をどうにもできないところが、人間的なのではないか……。

しかし、もうそんなことはどうでもいい。塚本はコーヒーをゆっくりと飲みほして、大きく息を吐き出した。

それも今日限りでおしまいだ。こそこそと、後ろめたさに背中を針で突っつかれるように席へ向かう、あの気分を、もう味わわなくてもいいのだと思うと、塚本は、果たしてこれが現実なのだろうか、と疑いたくなった。

そのためには、ちょいと厄介なことがあるが、そんなものは、課長の嫌味を我慢《がまん》することに比べれば何でもない。

――昨夜はほとんど眠っていなかったのに頭は冴《さ》えて、気分はいつになく爽快《そうかい》だった。いい気分だ。何をやっても、こんなときなら巧《うま》く行きそうな気がした。

塚本は三十一歳だった。同年輩の同僚は何人か係長になっていたが、塚本は平のままだ。

それには塚本が高校卒だということも多少は関係していたかもしれないが、塚本自身も、別に自分を追い抜いて行く後輩を、羨《うらや》ましいとは思わなかった。

大体、俺はサラリーマンには向いていないんだ。塚本は、勤め始めた頃から、そう思っていた。——こういう人間が出世するということは、まずあり得ないことである。

「さて……」

塚本は部屋の中を見回した。きれいなもんだ。この前の日曜日に、大掃除をして、いらない物は徹底的に捨ててしまった。

まあ——いらない物といえば、全部いらないようなものだが、やはりそうも行くまい。それにしても、一人暮らしのせいで、部屋の汚れ方、押し入れの乱雑なことは自分でもびっくりするほどだった。

片付けて、きれいに掃除をしてみて、この部屋はこんなに広かったのか、と妙なことに感心した。

「皿ぐらい洗って行くか」

と塚本は呟いた。朝食に使った、皿、コーヒーカップ。流しに置いたままにして行くのは気がひけた。

せっかくクリーニングに出してパリッとしたワイシャツを汚したくないので、腕まくりをして、水がはねないように気を付けて、簡単に洗った。

それでもまだ、やっと七時四十分だ。

朝、こうも時間を持て余すというのも珍しい。——もう出かけようか？　早過ぎるかもしれないが、今日は多少荷物もあることだし……。

塚本は、洋服ダンスの鏡の前で、ネクタイを直した。古いネクタイが、何となく新品のように見える。不思議なものだ。

一応、使い方を確かめておこう……。

塚本は部屋の隅にあったゴルフバッグを取って来た。こいつを持って来るのに苦労したのだ。

畳の上に置いて、バッグを開けると、塚本は中から二連式の散弾《さんだんじゅう》銃を取り出した。

娘を小学校へ送り出して、三上香子《みかみきょうこ》はホッと一息ついたところだった。

夫は医学の何やらよく分からない研究会で京都へ行っている。香子としては、久々に羽を伸ばしているところだった。

医者の奥様、などというと、世間では、まあ、いいご身分で、という感じで受け取られてしまうが、これで苦労の多いものなのである。開業医が濡《ぬ》れ手《て》で粟《あわ》で儲《もう》かったのは、もう昔話で、今は台所もそう楽ではない。

この三上医院も、子供が香子一人だったので、父は半ばで医院をたたまねばならないかと諦《あきら》めかけていた。幸い、今の夫が養子になってくれて、地盤を引きつぐことができたので、父も喜んでくれた。

夫の智《さとる》は、優秀な医師で、大学に残るように勧められていたのだが、義理で見合いをした香子と恋に落ちて、結局三上の姓を名乗ることを承知して、この医院を受け継いだのだった。

「ちょっと休んでから片付けましょ」

香子はダイニングのテーブルにつくと、自分のためにコーヒーを淹《い》れた。いつもなら、夫と二人で飲むのだが、夫は今日の夕方にならないと帰って来ない。

お嬢さん育ちでおっとりとした香子は、何をやっても人一倍時間がかかった。掃除や洗濯で下手をすると丸一日がつぶれる。

だから一人娘の紘子《ひろこ》をピアノへ連れて行くときには、一切家事をやらないことにしていた。それでも結構当人は忙しくしているつもりである。

コーヒーを一口飲んだところで電話が鳴った。台所にも一台、電話が置いてあるので、香子は急いで立って行った。もっとも香子の急ぐというのは、ごく普通のペースで歩くのと大差ない。紘子が生まれたとき、夫の智が、

「お前のことだから生まれるまでに二年はかかると思ってたよ」

と言ったくらいだ。

「はい。三上でございます。――あら、あなた。早いのね」

「うん、実は地元の医者仲間に同期だった奴がいてね、今日一日京都を案内してくれるというんだ」

「あら、いいじゃないの」

「夜も一杯やろう、ってことになってしまったんだ。帰るのは明日の朝にするよ」

「分かったわ。のんびりしてらっしゃい」

「そっちは変わりないか？」

「ええ、別に。――あ、そうそう、昨日、弟さんがみえたわ」

「茂が？　何の用だろう？　京都へ行くと知ってたはずだがな」

「何だかゴルフの道具を貸してくれ、って」

「茂の奴がゴルフ？　何かの間違いじゃないのか？」

「何だか急に付き合いで、やらなきゃいけなくなったんですって。貸してあげたけど構わないでしょう？」

「いいさ。どれを持って行ったのかな」

「私、分からないもの。適当に選んでくれ、って任せちゃったの。何だかしばらくゴソゴソやって、バッグをしょって帰ったわ」

「あいつも少しそういうことをやったほうがいいんだ。人嫌《ひとぎら》いだからな」

「昨日は、でも紘子とも遊んでくれたし、結構あれこれ話して行ったわよ」

「少し大人になったかな。いい傾向だ」

「えらく真面目な顔で、お兄さんには色々心配をかけて、なんて言い出して、おかしかったわ」

「ふーん。何か心境の変化かな」

と、三上智は言って、「──あ、友達が迎えに来ている。じゃ、明日帰るからな」

「はい、はい。それじゃ……」

電話を切って、香子は、夫が帰って来ないのなら、今夜も外食にしましょ、と思った。そうなると、却《かえ》って少し掃除でもしようかという気になって、思い立ったが何とやらで、早速《さっそく》掃除機を出して来た。

──でも、本当にあの茂さんは、ちょっと変わった人だ。おとなしくて、物静かだけれど、兄と違って、それが長所に見えない。却って、何を考えているのか分からなくて、気味が悪いという印象さえ与える。

人がいいのは、よく子供と遊んだりするので分かるし、無口なのは内気で照れ屋の性格だからだろうと思うが、それにしても、ああいう人は、他人からは誤解されやすい。損な性格と言っていいだろう。

そうと分かっていても、香子が茂と口をきくのは、やはり夫の弟だと思うからで、ただの客ならば、話の相手をする気にはなれまい……。

——廊下をずっと掃除して、さて、夫の部屋をどうしようか、と香子は迷った。智は、勝手に部屋へ入られるのを喜ばない。やりかけの仕事、読みかけの本、雑誌などが机の上を占領していて、それを勝手に片付けられては困るというのである。

しかし、ちょうど留守のときなのだし、時にはざっと掃除する必要ぐらいはあるだろう。そうだ、昨日は茂さんが、しばらくここに入りこんでいたのだし……。

香子は、ドアを開けた。

仕事部屋と書斎を兼ねた、八畳ほどの広さの洋間である。

しかし、壁は全面本棚になっていて、本がぎっしり。そこへ納《おさ》まらなかった本が、至る所に山積みになっていて、ひどく狭い部屋に見える。

どこからどうやって掃除しようか？　いつも香子は途方にくれてしまう。——ともかく適当に、目につく所だけをきれいにしておけばいい。

そう決めると、掃除機のスイッチを……。

「あら、動かないわ」

故障かしら？――と考えて、コンセントへ差し込んでいなかったことに気が付いた。いつもこんな風なのである。

この部屋でコンセントを捜《さが》すのが、また一苦労なのだ。何カ所かあるはずなのだが、うずたかい本の山に隠れてしまっている。

確か、戸棚の陰にあったっけ。

本棚と本棚のわずかな隙間《すきま》に、散弾銃をしまう棚があって、その上にゴルフのクラブが無造作《むぞうさ》に置いてある。――智もほとんどやる暇はないのだ。

「あら……。茂さん、どれを持って行ったのかしら？」

ゴルフバッグはなくなっているのだが。

香子にも、ゴルフのことは全く分からない。大して気にも止めず、コンセントを見付けようと、かがみ込んだ。

扉のついた棚の中は、散弾銃がしまってある。

香子は、智にこれだけはやめてくれと頼んでいるのだが、智にとっては、これが何よりのストレス解消らしい。

猟《りょう》に行くのではない。智は生き物を殺すのは嫌いで、もっぱら標的を撃つのを楽しんでいるのだ。

扉には、もちろん鍵がかけてあって、簡単には取り出せないようになっている。やっとコンセントを見付けた香子は、掃除機のコードをせっせと引っ張った。——全く世話のやけること……。

香子は、あら、と思って、手を止めた。銃をしまった戸棚の、扉が細く開いているように見える。

どうしたのだろう？　今まで気が付かなかったが……。

銃のことには神経を使っている夫が鍵がこわれたのを放っておくとは考えられなかった。扉の板がそっているだけなのかもしれないが……。

「ちゃんと鍵がかかってさえいれば別に……」

と独り言を言って、肩をすくめる。

何の気なしに、扉の把手《とって》をつかんで引いてみた。

扉が開いた。——香子は面食《めんく》らって、しばらく戸棚の中を見つめていた。銃はちゃんとある。革のケースに納まって、立てかけてある。どうして鍵が開いているのだろう？

香子は、恐る恐る手をのばした。

あら、あれは……。

安西紀子《あんざいのりこ》は、電車のドアのわきに立って、所在《しょざい》なく車内の吊《つ》り広告を眺《なが》めていたが、ふと、吊り皮につかまって立っている男性に目を止めた。

ちょうど紀子の位置からでは、斜め後ろで見ることになって、はっきり分からないのだがどうも、同じ課の塚本のように見える。

この時間に電車に乗っているサラリーマンなど、みんな似たようなスタイルだし、それに塚本がこんなに早い電車に乗っているはずがない。

肩に、ゴルフバッグをかけているのを見て、やっぱり人違いだわ、と紀子は思った。塚本はゴルフに限らず、スポーツや遊びの類《たぐい》を一切やらない男なのだ。

そのとき、その男が少し顔を振り向けた。

「やっぱり……」

塚本だ。紀子はびっくりした。どういう風の吹き回しだろう？

紀子は人の間をすり抜けるようにして、塚本のほうへ進んで行った。

「塚本さん！」

振り向いて、塚本が嬉《うれ》しそうに微笑《ほほえ》んだ。

「やあ、安西君か」

「珍しいですね、こんな早い電車に」

「大地震でも来るかもしれないぜ」

「まさか……」

と紀子は笑った。塚本が冗談を言うなんて、本当に珍しいことだ。

「何かご用なんですか？」

「荷物があるんでね、少しでも空《す》いてる電車に乗りたかったんだ」

「ゴルフをなさるなんて、全然知らなかった」

「僕のじゃないんだ。兄のなんだよ」

「あら。でも、ご自分で――」

「僕はだめさ。ちょっと預けられただけなんだ」

「そうですか。びっくりしたわ」

と紀子は言った。

電車が混《こ》み合って来た。

「この時間でも結構凄《すご》いんだねえ」

「ええ、ちょうど乗り換えにいい電車なんです、これ」

紀子はそう言って、「そのバッグ、上へのせたほうが──」

「いいんだ、僕が持ってる」

塚本は急いで言った。「預かり物だからね、失《な》くしでもしたら困る」

「そうですね」

そのとたん、電車が揺《ゆ》れて、人に押された紀子は重心を失って塚本につかまった。

「おっと……。大丈夫?」

「ええ。すみません」

紀子はあわてて吊り皮へつかまって、照れくさそうに目を伏せた。

塚本は、今日の電車で、安西紀子に会えてよかったと思った。

安西紀子はやっと二十一歳になったばかりで、決して目立つ女性ではないが、真面目でよく仕事をした。

どんな美女でも、席にいるよりトイレで化粧を直したり噂話《うわさばなし》をしている時間のほうが長いようでは、OL失格である。

ああいう、乙《おつ》に澄《す》ました美女に言い寄る同僚たちを、塚本は全く理解できなかった。

それに、安西紀子は、進んで塚本へ声をかけてくれる、珍しい女性の一人だ。

「もうすぐですね」

と紀子が言った。

「何が？」

「あの……降りる駅です」

何となく、二人とも笑い出してしまった。塚本は驚《おどろ》いた。こんな風に笑ったのは、本当に久しぶりのことだ。

会社の入ったビルへ着いたのは、八時四十分だった。エレベーターで、会社のある四階まで上がる。このエレベーターというやつも、朝、すれすれに駆けつけたときに限って、三基《き》とも上へ行きっ放しだったり、乗っても各階停まりで、えらく時間を取られるものなのだ。

といって、四階まで階段を駆け上がるのは、日頃から運動不足の塚本には無理な相談だった。

ところが、今朝《けさ》は、エレベーターに、塚本と安西紀子二人だけ。こんなに違うものか、と塚本は驚いた。

「塚本さん、いつもお昼はどうしてるんですか？」

と紀子が訊《き》いた。

「一人で適当に食べてるよ」

「おいしくて空いている店を見付けたんです。まだ誰も知りません。――今日、お昼に一緒に行きませんか？」

塚本は驚いて、紀子の顔を見た。ちょっと照れくさそうに目を伏せている。

「いいよ、行こうか」

四階に着いた。紀子が頬を赤くして、

「じゃ、お昼に！」

と言うと、女子のロッカー室へと小走りに姿を消した。

塚本は、そこに立ったまま、ふと微笑んだ。多少なりとも、俺に好意を見せてくれる人がいる。それが嬉しかった。

しかし、約束は果たせないだろう。――後二十分足らずの内に、総《すべ》ては終わりになる。

塚本は男子社員のロッカー室へ入ると、自分のロッカーの中へ、散弾銃を入れたバッグをしまった。

ロッカーは、二人で一つを使うのだが、人数が半端《はんぱ》で、塚本は一人でそのロッカーを使っていた。――いつも、塚本ははみ出しているのだ。

そのときは上衣《うわぎ》を着ていようと決めていたが、今はどうしたらいいか、ちょっと迷った。一応、脱いでおこうと決めて、ハンガーへかける。

どうせ、銃を取りにここへ戻って来なくてはならないのだから。

ワイシャツ姿になって、オフィスへ入って行く。——たった十五分ほどの違いで、こうも閑散《かんさん》としているのかとびっくりした。

席についているのは、大方、遠距離《えんきょり》通勤の家族持ちで、眠そうに欠伸《あくび》をしながら、スポーツ新聞を広げている。

顔を上げて塚本を見ると、みんな、おや、といった顔をする。あいつ、今朝はいやに早いじゃないか、というわけだ。

塚本は自分の席に座った。——まあ見てろ。今に腰を抜かすほどびっくりさせてやる。

時計を見ると、八時四十八分になっていた。

2

「——そうですか、どうも」

三上香子は受話器を置いた。

夫の泊まっているホテルへ電話したのだが、夫がどこへ行っているのかは分からないという。当然のことだろう。客がどこを見物に行こうと、ホテルには関係のないことだ。

「困ったわ……」

連絡しようにも、夫が誰と一緒なのかも分からなくては、どうにもならない。

それにしても、厄介なことになってしまった、と香子はため息をついた。こんなことは夫のいるときに起こるべきで、自分一人しかいないときには、遠慮してくれなくちゃ困る。

——正直、そう苦情を言ってやりたいくらいだ。

あの銃を、夫が持って行ったとは考えられない。学会にそんなものが必要なはずはないし、実際、ちゃんと夫を送り出しているのだから、夫がボストン一つだったことは確かである。

するとどういうことになるのか。

香子はあれこれ考えるのは苦手だったが、それでも、あの銃を、昨日、塚本茂が持って行ったのだということぐらいは分かった。

ゴルフバッグの中へ入れて、持って行ったのだ。散弾はどうなのか、香子には分からなかった。しかし、いずれにしても、放っておいていい問題ではない。

茂はおそらく智の不在を知っていて、わざとやって来たのだ。香子が、好きなように持って行ってくれと、彼を一人にしておくことも、計算してあったのだろう。

鍵を壊し、扉を開けて、銃を取り出し、後に丸めた本をつっ込んで、中が空《から》だと分からないようにしておいたのだ。

どう考えても、あまり良からぬ目的があったとしか思えない。

「私に一体何ができて？」

と、思わず香子は呟いた。――もう構《かま》やしない。放っておこう。悪いといったって、盗んだ茂が悪いのだし、こんなときにのんびり京都見物なんかしている夫も悪い。そうだ。そもそも、銃なんか置いておくから悪いのだ。

要するに、私は悪くないのだと、自分を納得させた香子は、総てを忘れて、どこかへ出かけてしまおうかと思った。

しかし――香子は考え直した――もし、あの銃を使って、茂が何かやらかしたら、管理上の責任をいやでも取らされるだろう。そうなったら、この三上医院のイメージダウンだし、父にでも知れたら大変なことになる。

ここはやっぱり何とかしなくては！

香子はペタンとその場に座り込んだ。——茂のアパートはどこだったろう？　どこかに書いてあると思ったが、電話番号も……。香子は立ち上がった。住所録、電話番号のメモ、そういったものを、常に整理しておくのは、香子の最も苦手とするところであった。

ともかく捜してみよう。そう決めたとき、時計が九時を打つのが聞こえた。

始業のチャイムが鳴った。

塚本は、一応仕事にかかるふりをして、書類やペンを机の上に出した。

塚本の席から、社長室のドアが見える。

社長の天田《あまだ》が、入って行く後ろ姿が目に入った。よし。——行くぞ。

塚本は席を立つと、ロッカールームへ行った。よく一緒に遅刻する遅刻仲間（？）の園山《そのやま》が、あわてて上衣を脱いでいるところだった。

「何だ今日は俺のほうが遅いのか」

「今朝は早く来たんだ」

と園山はぼやく。

「ちぇっ。付き合いが悪いぞ」

園山が急いでロッカー室を出て行く。

塚本は、自分のロッカーを開けて、上衣を着ると、ゴルフバッグを開け、散弾銃を取り出した。冷たい銃身《じゅうしん》に、指がぴたりと吸いつけられるような気がした。その、ずっしりと来る重味に、本物の手応《てごた》えがある。

塚本は胸のときめくのを感じた。

バッグのポケットから、散弾を三発取り出す。一発を上衣のポケットに入れた。万一、しくじったときの用意である。

銃を折って、二発の散弾をこめ、元に戻す。銃身がカチリと音を立てる。その音と感触が、すばらしかった。

銃身を元へ戻すと、自動的に安全装置がかかるようになっているので、両方の安全装置を外す。——これでいい。

後は引き金を引けば、熱い鉛《なまり》の雨が吹き出すのである。

一つ深呼吸をして、塚本は、ロッカー室を出た。銃は右手に持って、銃口を真《ま》っ直《す》ぐ下へ。体へピタリと添《そ》えるように持っている。

オフィスへのドアを開けて、すぐ社長室のドアのほうへ曲がる。社員のほうからは、後ろ姿が見えるので、銃を体の前へ隠し持った。

社長室のドアの前で足を止めると、ちょっと中の様子をうかがった。天田社長一人ならいいが、来客でもあっては、一緒に撃ってしまう恐れがある。

秘書の内山寿子《うちやまひさこ》の机はわきのほうにあるから、流れ弾が真横へ飛ばない限り大丈夫だろう。

中からは、別に来客らしい声もしなかった。——よし。

塚本は社長室のドアを開けた。

「あら。塚本さん。何かご用？」

と、秘書の内山寿子がにこやかに微笑む。社長の席は空っぽだった。塚本は銃を体の後ろにして、

「社長は？」

と訊いた。

「お出かけよ」

「出かけた？——ついさっき見かけたよ」

「今出ていったところ。お昼過ぎには戻ると思うけど」

「そう……」

「何か伝言なら——」

「いや、いいんだ」

塚本は銃を見られないように苦労しながら社長室を出た。

畜生《ちくしょう》！　運のいい奴だ。

秘書を撃っても仕方ない。——ともかく昼までは待たなくてはならないだろう。

ロッカー室のほうへ戻ろうとして、塚本は、天田が、エレベーターの前に立っているのに気付いた。——チャンスだ！

距離は十メートルぐらいか。塚本は銃を持ち上げた。銃口《じゅうこう》は天田のほうへ向けたまま前へ出る。

天田は、まるで塚本には気付いていなかった。塚本は足を止めた。エレベーターの扉が開いた。天田が、ヒョイと中へ……。

一瞬、引き金を引くタイミングを失った塚本が一歩進み出ると同時に、エレベーターの扉は閉まっていた。

「畜生！」

塚本は、今度は口に出して悔《くや》しがった。エレベーターは、もう一階に着いていた。

「だめだわ」

香子は、大きく息を吐き出した。

これだけ捜しても出て来ないのだから、どうしようもない。

住所録はあったが、結婚して三年もたつ友人が、旧姓のまま直っていなかったり、いつの住所か甚《はなは》だ怪しいものが多い。

いずれにしても、茂のアパートの場所は書いていなかった。といって、勤め先の名前も憶《おぼ》えていない。

全く、これじゃ捜しようがないわ、と香子は、半ばさじを投げた格好だった。

別に、何でもないことかもしれないのだから、放っておこうとも考えてみる。だが、あの銃が人を傷つけたりしたときのことを考えると、そうも行かない。

いくら、得体の知れない人といっても、弟である。智にとっても、ショックに違いない。——やはりここは何とかしなくてはならない。

何か、茂のことで憶えていることはあるだろうか？　向こうが、あまり人付き合いを喜ばない人間なので、一緒に食事をしたという記憶も、あまりない。

ただ一度……どこかで、昼を食べなかっただろうか？

むろん、夫と三人で。——あれは確か会社の近くだったのではないだろうか？

「思い出したわ！」

と香子は手を打った。茂が、昼休みに、会社から出て来るのを夫と二人で待っていたのだ。あれが茂の勤め先だった。

しかし、場所は分かるが、残念ながら、会社の名、その他は一切思い出せない。大体、聞いたことがなかったんじゃないだろうか？　自分のことを話したがらない人なのだ。

となると、手は一つしかない。その場へ行ってみるのだ。

香子が場所を憶えているのは、そこが、チーズケーキのおいしい、有名な店のすぐ近くだったからで、実際に、あの後、買って帰った記憶がある。

「そういえば、あそこのチーズケーキ。しばらく食べてないわ。冷やしておくとおいしいのよね……」

と呟いてから、「――そうだ！　急いで出かけないと」

と、あわてて立ち上がった。

行って、もし茂がいたとしても、どうするのか？　そこはまだ考えていなかった。

ともかく、何となく、行かなくてはならないのではないかという、理由不明の義務感が香子を、家庭の台所から引っ張り出そうとしているのである。

「ああ、お腹《なか》が空いた」

ケーキのことなど考えたので、急にお腹が空いて来た。——しかし、今のところ、昼食を食べる余裕はなさそうである。

香子は、必死に急いで、三十分で仕度《したく》を終えて家を出た。

3

「味はどうでした?」

と、安西紀子が訊いた。

紀子が塚本を連れて来たのは、小さなカレー・ショップだった。

塚本にしてみれば、味などよく分からないのだが、ともかく、紀子の好意は、素直に嬉しかった。

「なかなか旨《うま》いよ」

「そう? よかった! 『何だ、カレーか』って言われるんじゃないかと思って、食べてても気が気じゃなくて……」

塚本は紀子を眺めた。会社の中以外で、紀子と話すことなど、全くなかったのだ。

「僕がどう言ったって構わないじゃないか」

「そんなことありませんわ。人を連れて来たんですもの。責任感じちゃいます」

塚本は軽く笑って、

「それじゃ疲れるだろう」

と言った。紀子は黙って笑った。そして、水をガブリと一口飲んで、

「塚本さんって、あまり話をしませんね。それとも他の人とはお話してるんですか?」

「人付き合いが苦手なんだ。疲れちゃうんだよ」

と、塚本は言った。「一人でいるのは退屈だけど、緊張し切って、疲れるよりいいさ」

「すみません。引っ張り出しちゃって」

「いいんだ。安西君は大丈夫。別に疲れないしね」

「何だか無視されてるみたい」

「いや、そういう意味じゃないよ」

と塚本は笑って、「なるほど、これだから女性にもてないのかな」

「どうして結婚しないんですか?」

「さあ……。面倒なんだな。それに、相手もいないし」

塚本は、口の中に残るカレーの味を、そっとかみしめるように味わった。——思いがけないことで、昼まで、決行できずに来てしまったが、昼休みが終わったら……必ず……。

「安西君は社長のこと、好きかい?」

「天田社長ですか?」

意外なことを訊かれて、紀子はちょっと面食らったようだった。「別に……好きも嫌いも、あんまりお話したこともないですし」

「そうか。そうだろうね」

紀子は、ちょっと、不思議な目つきで塚本を見ていたが、やがて、ためらいがちな口調で言った。

「塚本さん、会社をお辞めになるんですか?」

今度は塚本のほうが面食らう番だった。

「辞める? どうしてそう思うんだい?」

「違っていたらすみません。何となく、そんな気がしただけなんです!」

女の勘《かん》というのは大したものだな、と塚本は思った。たまに早い電車に乗ったりしたせいもあるだろうが、塚本が、何かをしようとしていることを、鋭く感じているらしい。

　まあ、塚本の計画だって、一種の辞職には違いないが。

　紀子が、社長を格別、好きでも嫌いでもないと答えてくれたのは、塚本にはありがたかった。

　もし、大好きと答えられても、やはりやることはやっただろうが、多少、紀子のことを思って、気が重かったかもしれない。

「塚本さんは？」

　と、紀子が訊いた。

「え？」

「社長さんのこと、お嫌いなんですか？」

「そうだね……」

　どうなのだろう、塚本は考えた。俺は社長が嫌いだ。それはそうだ。しかし、それだけで、奴を殺そうというのではない。あいつが、社長だから、この会社という汚らしい世界の一番上にいる奴だから、選んだだけなのだ。

　嫌いといえば、いつも皮肉を言って喜んでいる課長のほうが、俺は嫌いだ。

「まあ……好きでも嫌いでもないってところかな」

塚本は、奇妙な、しゃべりたいという衝動を感じた。言葉が、勝手に飛び出して来るようだ。

「散弾銃ででも撃ち殺してやれば、スカッとするだろうがね」

「まあ、怖い」

と目を丸くして、「そんなに嫌いでもないとおっしゃったのに」

「それとは別さ。よくあるじゃないか。日頃おとなしい男が、突然銃で近所の人を射殺したりする」

「ええ、でもあれは一種の錯乱《さくらん》みたいなものなんでしょう」

「それにしても、ああいうときは別に憎らしい相手を殺すわけじゃないんだ。全然別なんだよ」

「どうしてでしょう」

「殺す側にとっては、社会全体が相手なんだ。だから、特定の人間を射《う》っても、その瞬間には、社会全部を射殺しようとしてるんだ、分かるかい？」

「ええ、何となく……」

「その中には自分も入っている」

と塚本は早口に続けた。「他人《ひと》を射殺することで、自分自身も死ねるような気がするんだ。自分を含めた社会全部が、憎いんだ」

紀子は、ただわけも分からず肯《うなず》いているばかりだった。

「人を殺したいとか、傷つけたいという心理とは、全然違う。――そうなんだ。だからおとなしい男が、突然そんなことをする。要するに、かたをつけたいんだ。分かるかい？　人生に幕を引いてしまいたいんだ。それなら自殺すればいい、と思うだろうけど、それまでに、そういう男は、散々人生からいじめられつづけて来ている。だから、人生に借りを返さなくちゃ死ねない、そう思ってるんだ。そうさ。かたをつけなきゃいけない、と思ってるんだ……」

塚本はふっと我に返って、口をつぐんだ。紀子がびっくりしたように見つめている。

塚本は笑った。

「――びっくりしたかい？」

「ええ。……でも、よく分かります。お話、とっても面白かったわ」

紀子も、ちょっと無理にではあったが、笑顔を作った。

「ああいう事件があると、たいてい犯人は、無口で人付き合いが悪く、おとなしい男だった、ってことになってるだろう。――さしずめ僕なんか危ないね」

「まあ、塚本さんが？」

紀子は面白そうに、「塚本さんは、そんなことをするには優しすぎるわ」と言った。

そうじゃないんだ、と塚本は思った。優しいから、やるんだ。やらざるを得《え》ないんだ……。

「——行こうか」

と塚本は席を立った。

後で、彼女は新聞記者に話すかもしれない。

「その直前に、あの人は社長さんを散弾銃で撃ったら気持ちいいだろうと言っていました。まさか本気だとは思ってもみませんでしたわ。ええ、とてもおとなしくて、優しい人でした……」

確か、この辺だわ。

三上香子は、歩道に立って、周囲のビルを見回した。

オフィスビルなどというのは、どれもこれも似たようなもので、香子の目には、さっぱり区別がつかない。

ケーキの店はすぐに見付かったのだが、茂の勤めているのがどのビルなのか、さっぱり見当もつかなかった。

ちょうど昼休みも終りなのか、サラリーマンやＯＬたちが、互いに何人かずつ連れ立って、それぞれのビルへ吸い込まれて行く。

勤めというものを経験したことのない香子には、何とも奇妙な光景に映った。

「よく入るビルを間違えないものね」

と変なことに感心している。——さて、どうしよう。大声で茂を呼ぶわけにもいかないし……。

困って周囲を見回したとき、茂が目に入った。——若い女性と歩いて来る。

錯覚か、幻かと思ったが、目をこすってみると、どうやら間違いなさそうだ。

声をかけようと思ったが、二人は、すっとビルの中へ入って行ってしまった。香子は急いで通りを渡って、そのビルへと足を踏み入れた。

大勢の、ワイシャツ姿のサラリーマン、事務服を着たＯＬたちが、エレベーターの前に集まっている。

茂の姿を捜したが、もう上がって行ってしまったのか、見当たらない。——案内板を見るとビルの中に、沢山《たくさん》の会社が同居しているようだ。会社の名前を知らないのだから、捜しようがない。

せっかく見付けたのに……。香子はため息をついた。

「そうだわ――」

もう夫がホテルへ戻っているかもしれない。戻っていなくても、連絡があったら、フロントに伝言を頼んである。

ホテルへ連絡してみよう。

香子は、ビルの入口のわきに並んだ赤電話のほうへ歩いて行った。――事務服の女の子が電話をかけている。

並んで電話をかけようとして、ふとその娘のほうを見た。さっき、茂と一緒だった娘のように見える。

もっとも、みんな同じような格好をしているから、判然としないが、スカートの柄に、何となく見憶えがあった。

「うん、じゃ、またね」

とその娘が電話を切った。残った十円玉を小銭入れへしまい込んでいる。

香子は思い切って声をかけてみた。

「あの、ごめんなさい」

「はい。何でしょうか?」

「あなた、さっき塚本茂さんと一緒にいた方じゃない？」

「そうですけど……」

「ああよかった」

　香子はホッとした。よく人違いをするのも香子の特技である。

「私、茂さんの義理の姉なんだけど」

「まあ、そうですか。塚本さんをお呼びするんですか？」

「ええ……いいえ、ちょっと訊きたいんだけど――」

「は？」

「今日、ゴルフバッグを持ってなかった？　あなた、知らない？」

「塚本さんがですか？　ええ、お持ちでしたけど……」

「やっぱり！」

「あの――何かあったんでしょうか？」

と紀子は訊いた。

　天田社長は、外出から戻って来ていた。

　席に着いた塚本は、天田が、課長と何やら話しながら、社長室へ入って行くのを見ていた。——あの課長なら、一緒に死んでもかまやしない。

一時の始業のチャイムが鳴った。

将棋や碁に熱中していた連中が、渋々席へ戻る。——仕事が始まるまで、五分ぐらいはザワザワして、ロッカー室にも人の出入りがある。少し待とう。

仕事をやる気は全くなかったが、ともかくやるふりだけはしなくては。

十分待って、塚本は席を立った。ロッカー室へ入ると、素早く上衣を着る。

銃を折って、散弾をこめてあるのを確かめた。さて、いよいよだ。

ためらうとか、悩むといったことは、自分でも意外なほど、なかった。早く、この引き金を引いて、天田社長の吹っ飛ぶ姿を見たかった。

ロッカー室を出て、オフィスへ入ると、社長室へ向かった。ドアへ手をかけようとしたとき、急にドアが開いた。

天田が出て来ると、

「何だ。用か?」

と訊いた。反射的に、塚本は銃を背中へ回した。

「い、いえ……。急ぎの用では……」

「じゃ後にしろ。今から会議だ。内山君に言っといてくれてもいい」

「はあ」

天田はそのまま歩いて行った。塚本は、それを見送っていた。――手が、こわばって動かないのだ。

目の前に背中がある。それなのに、銃を構えて引き金を引くことができないのだった。

「――塚本さん、どうしたの？」

不意に背後で、内山寿子の声がした。

思わず振り向く。そのとき、内山寿子の目が、塚本の手の銃を見ていた。

塚本は、秘書の目が大きく見開かれるのを見た。

とっさのことだった。塚本は彼女を社長室の中へ突き飛ばした。物音に、天田が足を止めて振り返った。

塚本は銃をつかんで、天田のほうへ向けようとした。銃身《じゅうしん》が思いの他《ほか》長く、ドアの端へぶつかった。弾《はず》みで指が引き金を引いていた。轟音《ごうおん》とともに、銃身が凄い力ではね上がった。

散弾が、天田のずっと頭上の壁を削《けず》って、かけてあった時計を吹っ飛ばした。

時計のガラスの破片と、壁を削った白い粉が宙に舞った。

天田が、頭をかかえてオフィスのほうへ飛び込んだ。意外に敏捷《びんしょう》だ。塚本は天田を追おうと走りだした。

何事が起こったのか、誰もが呆気《あっけ》に取られていた。銃を手にした塚本を見て、何人かは、笑い出していた。

天田は机の間へ這《は》って行った。——塚本は唇をかんだ。ここで撃てば他の社員が傷つく。

塚本は天井へ銃口を向けて引き金を引いた。天井にポカッと穴が開く。

——やっと、パニックが起こった。

悲鳴、怒鳴る声が満ちた。一斉《いっせい》に、社員たちが逃げ出した。出口へ向かって殺到《さっとう》する。女の子がつまずいて転ぶ。塚本は、その光景を、ぼんやりと眺めていた。

たちまちのうちに、オフィスの中は空っぽになっていた。

塚本は銃を手に、一人でその場に立っていた。

4

塚本は、放心したように、椅子に座った。

——こんなときでも、自分の席に座っているのだった。

やり損なった。

全く……。俺は最後までこういう風なのだ。——これからどうなるだろう？　警察が来る。こっちは銃を持っているのだから、相手も完全武装でやって来るに違いない。射殺されるかも知れない。——一発で仕止めてくれれば、そのほうが楽だろう。

しかし……。

塚本はオフィスの中を見回した。書類が散乱している。電話が、交換台で鳴っていた。

どうして出ないのかと、かけたほうは苛々《いらいら》しているに違いない。

塚本は微笑んだ。今は一人きりだ。今は、俺がここの社長だ。

「——塚本さん」

突然、声がして、塚本はびっくりした。

安西紀子が、オフィスの入口に立っている。

「君か……。何してる?」

「下へ行きましょう」

「放っといてくれよ。一人でいたいんだ」

「別に誰も殺してないし、傷ついてもいないんですもの、大した罪にはならないわ」

「どうでもいいんだ。僕は自分のかたをつけるだけさ」

紀子は、何を考えているのか、ゆっくりと塚本のほうへ近付いて来た。

「──死ぬ気、ですか?」

「うん」

「でも……つまらないわ」

「生きていてもつまらないよ」

「いえ、そうじゃなくて。──もう弾丸《たま》はないのかしら」

「ロッカーのバッグにあるよ。どうして?」

「私も撃ってみたいんです」

塚本は面食らって、紀子の顔を見た。

「どうせなら、もっともっと、めちゃくちゃにしてから死んだほうがいいじゃありませんか」

と紀子は言った。塚本は笑い出して、

「OK。やってみよう」

と、立ち上がった。

ロッカー室のゴルフバッグから、残った散弾を取って来ると、塚本は机の上へ並べた。

「九発あるぞ。――さあ、これでいい。どこを撃つ？」

「課長さんの席がいいわ」

「よし。あの課長が大事にしてるダンヒルのライターでもぶっとばしてやろう」

銃口を、課長の席へ向けて引き金を引く。ガクンと反動が体を揺すった。課長の椅子の背もたれが空中に飛んだ。

「次は？」

「向井《むかい》さんの机。あの人、凄く底意地の悪い人なんですもの」

「よし」

散弾が、机の上の物を粉々に砕《くだ》いて、きれいになった。「掃除してやったぞ」

空になった二発の薬莢《やっきょう》を捨て、代わりをこめる。

「今度はあのファイルの棚だ。ずいぶん泣かされたからな」

ガラスばりの戸棚を狙い撃つと、ガラスが派手に砕けた。中のファイルが崩れ落ちて来る。もう一発続けて撃つと、書類の束が、宙に舞い上がった。

塚本は急いで弾丸をこめ直した。


「もしもし、あなた？」

「香子か？　何だ一体。ホテルへ帰って来たら、緊急の用だと——」

「大変なの。今、茂さんの会社の下にいるんだけど——」

「茂の？　茂がどうかしたのか？」

香子が事情を説明した。かなり支離滅裂《しりめつれつ》で順不同だったが、それでも智には飲み込めたようだった。

「茂と話はできないのか」

「今、銃を持って会社に……」

「会社へ電話してみよう。あいつ一人なのか？」

「女の人が一緒よ。同じ会社の人で、茂さんを説得してみると言って、入って行っちゃったけど……」

「警察は?」

「もうすぐ来ると思うわ」

「あいつはノイローゼなんだ!　殺させないでくれ」

「話してみるわ」

「俺も電話をかけてみる。出てくれりゃいいが……」

「ええ……」

そのとき、塚本は電話の交換台に向かって引き金を引いていた。

「人質《ひとじち》の安全が第一です」

と、警察の責任者らしい男が、香子へ言った。「さっきから銃声がしている。人質も殺されているかもしれない」

「でも、彼女は、自分で入って行ったんです。話してみると言って。——お願いですから、茂さんへ呼びかけてみて下さい」

香子が、いかにも良い家柄の婦人という印象なのが、相手を動かしたようだ。

「もちろん、犯人を無傷で捕《とら》えるのが我々の希望でもあります」

「茂さんはノイローゼ気味なんです。今、夫が電話をしているはずですから——」

「それはむだですよ。電話は不通になっています」

「じゃ、私が参りますから」

「危険ですよ」

「大丈夫です。私、一日ぐらいしないと怖くなりませんから」

警官のほうは、キョトンとして香子を見つめていた。


「……いや、いい気分だな」

塚本は息をついて、「酒に酔うっていうのは、きっとこんな気分なんだね」

「凄いんですね。鉄砲って、——あんなキャビネに穴を開けちゃうなんて」

「さて、後三発だ。——どこに使おうか」

「コピールームがいいわ」

「コピーか。そいつはいいや。一日中あれをやらされたもんだよ」

コピールームは、オフィスの奥のほうの一角を仕切って作られている。二人はそこへ入ってドアを閉めた。

コピーの機械は朝スイッチを入れると、そのまま動きっ放しになっている。ブーンというモーターの低い唸り。機械の熱で、部屋の中は少しむし暑い。

「こいつも哀れだな。一日中働かされて……」

「私たちと同じですね。決まった仕事をやってるだけだわ」

と紀子は言った。「私なら写し違えるかもしれないけど、機械なら間違えないわ」

「全くだ」

塚本は銃口を、コピーの機械のずんぐりした頭部へ向けた。コピーサイズ、枚数、濃さを調節するボタンがついている。

引き金を引くと、一瞬にして、それが消えてなくなった。

香子は、警官たちと一緒に階段を上がって四階まで来た。やはり運動不足で息切れがする。

——少し運動しなきゃだめだわ、などと呑気《のんき》なことを考えていた。

「ここですよ、奥さん」

と警官が言った。

「分かりました」

「充分に気を付けて」

「ええ」

「それじゃ……」

警官としては、この辺から、拡声器《かくせいき》で呼びかけてもらうつもりだった。後ろを向いて、

「おい、拡声器は?」

「あ、忘れました!」

「馬鹿! 早く取って来い!」

と怒鳴っておいて、「すみません、奥さん――」

と見ると……香子は一人、さっさと歩いて行って、オフィスのドアを開けようとしていた。

「奥さん――」

と呼びかけたときは、もう香子は中へ入ってしまっていた。

香子は、オフィスの中を見回した。

勤めたこともないし、夫が医者で、こういう場所へ来る機会もなかったので、物《もの》珍《めず》しい気持ちで眺めていた。

「ずいぶん汚なくしてあるのね」

と呟いて、顔をしかめる。夫がいつも彼女に片付け方が下手だと文句を言うが、ここに比べればよほどましというものだ。

「さて、茂さんは……」

と見回していると、どこかで銃声がした。

空の薬莢《やっきょう》を二つ床《ゆか》へ落として、塚本は残りの一発をこめた。

「さあ、これで最後だ」

——何となく、二人は黙り込んだ。塚本は紀子を見て、

「君はもう行きなよ。——僕が一人で始末をつける」

「もういいじゃありませんか」

「いい、って……何が？」

「あなたは〈会社〉をやっつけたんですもの。あんな上役たちなんて、機械と同じよ。ファイルや、課長の椅子がなくなったら、あの人たちも消えてしまうんだわ。椅子があっての社長なんだもの。あなたはもうやるべきことをやったんです」

「やるべきこと……」

「座る椅子がなくてうろうろしてる社長や課長のことを想像してごらんなさい。おか

しいでしょう?」

と紀子は笑いをこらえながら言った。

「椅子のない社長か……。椅子のない課長……。立って仕事をするのかな?」

塚本は笑い出した。紀子も一緒になって笑った。

——香子がドアを開けて覗《のぞ》くと、二人が涙を流しそうにして笑っていた。

「茂さん!」

「あ、お義姉《ねえ》さん」

「よかったわ。——さあ、行きましょう」

「どうしてここに?」

「あなたが銃を持って行ったと分かって……。あの人も心配しているわ」

「心配して……。僕のことを?」

「もちろんよ。そちらの方だって」

塚本は紀子を見た。紀子が微笑む。

「警察は?」

「外にいるわ。ね、銃を貸して」

「ええ。ちょっと待って下さい」

「どうして？」

「社長の椅子を撃って来ます」

——最後の一発が、天田のデスクのガラス板を粉々に砕《くだ》いた。社長の椅子が、ゆっくりと、後ろへ倒れた。

塚本は、何か目の前を覆《おお》っていたものが取れたような気がしていた。今まで自分の上にのしかかっていた重さが、急に軽くなったようだ。

香子が、銃を受け取ると、

「じゃ、警察の人を呼んで来るわ」

「いや、すぐに出て行きます。そう言って下さい」

「分かったわ」

香子はオフィスを出た。警官たちが飛び出して来る。

「大丈夫でしたか？」

「ええ。茂さんは、今、自分から出て来ます。一緒にいた人もかすり傷一つありません」

警官はホッと息をついた。

「全く人騒がせな……」

「申し訳ありません」

「まあ、けが人はなくて何よりでしたが……。殺人未遂《みすい》で逮捕ということになりますよ」

香子もそれは分かっていた。しかし、何とか精神鑑定を受けさせ、いい弁護士をつければ、救えるかもしれない。

「私も一緒に行っていいでしょうか？　一人だとまた神経をやられて——」

と言いかけたとき、オフィスの中で爆発のような音がした。

一瞬、棒立ちになっていた警官たちが一斉に飛び込んで行った。

「助けて！　早く！　お医者さんを！」

紀子が叫んでいた。

塚本の横腹がえぐられて、血に染まっている。

「ここで転んだんです。そうしたら……」

「ポケットに散弾を入れていたんだ。それが暴発した。——こいつはひどいぞ」

警官があわただしく飛び出して行った。

「全く、頭が痛い！」

天田は請求書を見て舌打ちした。壊された机、椅子、キャビネ、コピーの機械……。大損害だ。

ドアがノックされて、安西紀子が入って来た。

「ああ、これをコピーしてくれないか」

「はい」

紀子は無表情に、書類を受け取った。天田はまた請求書へ目を落として、

「あんな奴、死んじまって当然だ」

と呟いた。紀子が社長室を出ようとして、一瞬足を止めた。そしてすぐに出て行った。

――十分後、騒ぎが起こった。

「コピールームのドアが開かないわ」

「中に誰かいるの？」

「安西さんが……」

ドアの前でガヤガヤやっていた女子社員たちは、ギョッとした顔で口をつぐんだ。

何かが壊れる音がした。叩きつけるような音が、何度もくり返される。

コピールームの中では、ドアの把手を紐《ひも》で柱にしばりつけておいて、紀子が、腰か

けを振り上げて、コピーの機械へ叩きつけていた。
流れる涙を拭《ぬぐ》おうともせずに、何度も何度も、叩きつけていた……。

善意の報酬

1

やめておけばよかった。

後になって、川田敏雄《かわだとしお》は何度そう思ったことだろう。

しかし、悲しいことに、時間はフィルムのように巻き戻すことができないのである。

たった一度だけ、仮に、ある瞬間をやり直すことができるとしたら、どんなに多くの人間が救われるだろうか……。

しかも川田にとっては、それが善意から出た行為だっただけに、なおさら悔《くや》しいのである。

その夜、川田は会社の同僚、大月《おおつき》と二人で、一杯やってから別れた。

薄給《はっきゅう》の身では、共に文字通り一杯だったが、たまたま仕事で昼食を食べ損《そこ》ねていた川田の空《す》きっ腹に、アルコールがじかに浸《し》み込んで、いい加減ほろ酔い気分になっていた。生活費の値上がりを理由に、川田は二カ月前から、小遣いをダウンさせられており、このところ、飲む回数がめっきり減っていたせいもあるかもしれない。

ともかく、大月と別れた後、川田はしばらく川べりの土手の道をぶらぶら歩いた。少し酔いをさまして帰りたかったのである。一杯だけなのに、しこたま飲んだように幸子《さちこ》に思われては面白くない。

川田は三十六歳。妻の幸子は三十四歳だった。七歳と五歳の女の子がある。まずはごく平凡なサラリーマン家庭だ。

もっとも、幸子に言わせると、ちっとも平凡ではなく、極度に貧しい家庭だということだったが、その割に、幸子も別に内職一つするわけでもなく、稼《かせ》ぎはひたすら川田一人に頼っていたのである。

十五分ほどか、川風に当たって、大分酔いもさめたようだ。川田は、家への道を歩き出した。

川田の住むアパートは、私鉄の駅から、徒歩五分の所だが、その駅に各駅停車の電車しか停《と》まらず、かつ駅前はみごとに店一つない寂しさなので、飲むときには、一つ先の急行の停車駅まで行って降りる。大月の家が、その駅なのである。一戸建ての建て売りだが、お世辞抜き（？）でマッチ箱の如《ごと》きミニ開発。しかもバス二十分の距離だ。

アパート住まいの川田と、給料もそう変わらないことがよく分かる。

だから、川田としても、この道を行くのは、飲んで帰るときに限られていた。歩いて十五分。坂道があるわけでなし、さして苦になる道のりではないが、ともかく人通りの少ない、寂しい道で、それだけが欠点と言えた。

しかし川田はいい年の男性である。別に怖いとか、心細いということはない。ただ、飲んで帰ると、必ず、翌日、娘たちに、

「川沿いの道を通っちゃいかんぞ」

と言ってきかせる習慣ができてしまった。

——その夜は、特別暗い夜で、ポツン、ポツン、と、思い出したように立つ街灯の侘《わび》しい光だけでは、何とも心もとない感じだった。

川田はつい足を早めた。——途中、道は、小さな児童公園の傍《かたわ》らを抜ける。

児童公園といっても、狭い場所に、ブランコや鉄棒を並べただけのものだ。

その傍《そば》を歩いて行った川田はふと足を止めた。――公園のベンチに、若い女が座っている。

それこそ、街灯の明かりでは定かには見えないのだが、コートをはおった、二十三、四の女と見えた。何をしているのか、そう寒い夜というわけでもないのに、身を縮めるようにして、顔は半ばうつむいて、じっと地面を見つめている。

どうも、気分でも悪そうだな、と川田が思ったのは、弱々しい光にも、女が、ひどく青ざめて、震えているのが、見て取れたからであった。

どうしたんだろう?　熱でもあって、歩けないのかな?

川田とて、一般の都会人並みに、他人の事には無関心である。新宿やら東京駅の地下街などで人が倒れていても、関わり合いになるのが面倒で、放っておく人間の一人だった。

その主義で行くと、ここも知らん顔で通り過ぎるのが当たり前なのだが、そうしなかったのは、まだ多少酔いが残っていたせいだろう。それに相手が若い女性だったせいもある。これが男なら見向きもしなかったに違いない。もっとも男だったら、何の問題もなかったのだ。

「――どうしたの?」

公園の中に入って行くと、川田は声をかけた。女がハッと顔を上げた。

「具合でも悪いのかい?」

女は目をそらすと、またコートの前をかき合わせるようにして、身震いしている。

「家へ帰る途中? 送って行こうか?」

川田は声をかけたが、女のほうは、きこえているのかどうかも心もとない様子で、ただ、身震いしながら座っているだけなのである。

川田は困ってしまった。声をかけてはみても、相手の反応がないのでは、どうにも仕方がない。

「一人で大丈夫なのかい?」

女が、やっと肯《うなず》いた。川田は肩をすくめた。

——まあ、勝手にするさ。

向き直った川田の目に、自転車の光が映った。

「ああ、お巡りさんだよ。送ってもらうといいや」

と川田は言った。女が顔を上げて、道のほうを見た。

「呼び止めてあげよう」

と、川田が進み出ようとしたとき、突然、女が川田を押し除《の》けるようにして、道へ飛び出した。

「助けて！」

女は金切り声を上げて、警官のほうへとコートの裾《すそ》をひるがえして走って行った。

「襲われたんです！　助けて！」

警官が自転車から飛び降りる。

「犯人は？　どうした？」

女が、公園の中で呆然《ぼうぜん》と突っ立っている川田を指さした。

「あの人です！　あの人にやられたんです！」

川田は仰天《ぎょうてん》した。残っていた酔いなど、一度にさめてしまう。

「冗談じゃないよ、おい！」

川田は、女のコートの前がはだけて、引き裂かれたブラウス、露《あら》わになった乳房《ちぶさ》がのぞいているのに気付いた。暴行されたことは確からしい。しかし――。

「おい！」

と警官が走って来る。

川田は、ここで、もう一つ後悔の種をまいた。つまり、一目散《いちもくさん》に逃げ出したのであった。

警官は、転ぶかどうかしたらしい。見たわけではないが、運動不足のサラリーマンを追いかけて、追いつかないというのは、それぐらいしか考えられないのだ。
しかし――自分でも信じられないことに――川田は逃げ切ったのである。

「もう誰が人助けなんかするもんか！」

腹立ち紛《まぎ》れにブツブツ言いながら、お茶をぐいと飲んで、熱いので目を白黒させる。

「何をしゃべってるの？」

幸子がお茶漬けを出しながら言った。「人助けがどうかしたの？」

「いや。何でもない」

川田は、とてもあんなこと、幸子にはしゃべれないと思った。

大体、これから一体どうなるのか、見当もつかないのだ。

しかし、警察だって馬鹿じゃあるまい。あのイカれた女の言うことを、そうそう真《ま》に受けはしないだろう。おかしな所をちょっと突つかれれば、すぐにボロは出る。

もし、そうならなかったら、という考えを無理に引き出しに押し込んで、川田は、総てを忘れることにした。

「今日はずいぶん遅くまで飲んで来たのね」

と、幸子が言った。

「そうかい？」

「その割には酔ってないし。どうしたの？」

「どうもしないよ。おい、お茶漬けをもう一杯くれ」

警官から逃げた方向が、家とは反対のほうだったので、結局、また駅へ戻って、各駅停車の来るのを待って、こっちの駅から帰って来たのである。

時間もかかったし、酔いもさめて当たり前だ。幸子が、意外に細かいことに気付いているので、川田はびっくりするやらヒヤリとするやら……。

しかし、何があったかまでは、考えつくまい。このまま放っておくのが一番だ。

川田は二杯目のお茶漬けを、勢いよくかっ込んだ。


翌日になると、あれは果たして本当だったのか、それとも夢だったのか、と首をひねるほどだった。現実にしては、あまりに無茶な話だからだ。

しかし、朝食のテーブルについて、川田は一応、新聞を広げた。やましいところはないといっても、やはり気になる。

出ているとすれば、地方版だろう。――捜すまでもなく、小さな記事ながら、それが目に飛び込んで来た。

〈若い主婦に乱暴、逃げる〉

主婦？　あれは人妻だったのか。独身ＯＬという感じだったが。

〈男は通りかかったＮ巡査を見て逃走した……〉

追いかけそこなったくせに、いい気なもんだ、全く。

〈男は四十歳ぐらい、中肉中背で――〉

「四十とは何だ。まだ三十六だぞ」

と腹が立って、川田は呟いた。

「何が四十なの？」

「いや、別に。――今日は早く帰るからな」

「あら珍しい」

わざわざそんなことなど言ったこともない。しかし、当分飲んで帰る気はしなかった。

新聞の記事は漠然《ばくぜん》としていて、これで自分が怪しまれることはないだろう。

しかし、どうも警察が無条件にこの女――Ａ子の話を信じているのはショックである。だが、あのときの格好を見れば、誰でも信用するかもしれない。

あの様子では、実際、誰かに乱暴されたのではないか。興奮状態にあったので、彼のことを、犯人が戻って来たと勘違いしたのか……。

好意的に解釈すればそういうことになるが——いや、やはりそうではない。女は最初は彼を見ても何の反応も示さなかった。それが、警官が来ると知るや、彼が犯人だと叫び始めた……。

このまま何事もなきゃいいが。

「あら、今朝《けさ》は少食ね」

と幸子が言った。

食欲なんか湧《わ》いて来ないや、畜生め！

川田は、駅までの道、つい、キョロキョロと周囲を見回さずにはいられなかった。

刑事が両側へ寄り添って来て、

「婦女暴行容疑で逮捕する！」

と手錠《てじょう》をかけられるのじゃないか、と気が気ではなかったのだ。

何もしちゃいないのだから、堂々としていればいい、と頭で分かっていても、つい目はそれを裏切っているのだった。

「川田さん」

と声をかけられて、思わず飛び上がりそうになった。――隣人で、いつも同じ電車の、中本《なかもと》である。

「やあ、どうも」

ホッと息をつきながら、川田は引きつったような笑顔を作った。

「おはようございます」

営業マン出身の中本は、すっかり板についた愛想のよさで、「誰かを捜していたんですか？」

「え？　いや、別に」

「そうですか。何だか右、左、と忙しくご覧になってたから……」

ふと、川田は、あの女、どこに住んでいるのだろう、と思った。新聞には詳しい住所が出ていないし、もちろん名前も〈A子さん〉になっている。事件が事件だ。あっちだって、あまり表立った騒ぎになるのは好むまい。してみると、このままうやむやになる公算も大きいわけだ。

川田は少し気が安らぐ思いだった。

「――おやおや」

と、中本が言った。「気の毒に」

何かと見れば、若いＯＬが、手に提《さ》げていた紙袋の底が抜けて、中味が散らばったのを、あわてて集めているのである。

「ちょっと手伝ってやりますか」

「おやめなさいよ」

と川田は言った。

「え？」

「いや――別に。こっちのことです」

「どうぞお先に」

「はあ」

川田は、人助けなど、もうごめんという感じだった。

しかし、お先にどうぞと言われて、はい、それでは、と行ってしまうには、お隣の付き合いというものもあるし、やはり人が好《い》いのだろう。

結局、ため息をつきつき、手を貸すことになってしまう。

今日のＯＬは、昨日の女とは違って、

「泥棒！」

などとは叫び出さなかった。

「どうもありがとうございました」

とていねいに頭を下げてくれた。

川田と中本はおかげで電車を一本乗り遅れた。まあ、二人ともそれで遅刻するほど、ぎりぎりに出ているわけでもない。

「人助けってのは気持ちのいいもんですな」

中本の言葉に、川田は、

「そうですね」

と、苦笑混じりに答えた。

2

三日たち、四日が過ぎて、川田も大分気が鎮《しず》まって来た。

もう、別に心配することもあるまい。

あの女だって、時間がたって落ち着いて来れば、自分のしたことが分かって来るだろうから。——あんまり左右をキョロキョロと見回さなくても、歩けるようになった。

一週間後には、川田はもうあの事件のことを、時として忘れてしまうほどになっていた。

しかし、大月に誘われても、飲む気にはなれず、断わっていた。大月のほうはけげんな顔つきだったが、実際、またあの道を通るのだけは、いやだったのだ。

その夜も、真っ直ぐに家へ帰ったのだが——。

「ただいま」

と玄関を入って、男物の靴が二足、ただでさえ狭い玄関をますます狭くしているのを見て、顔をしかめた。

何だ、セールスマンでも来てるのか？

「おい、幸子」

と上がり込んで、リビングに入って行くと、見たことのない男が二人、幸子と向かい合って座っている。

幸子の顔は青ざめてこわばっていた。夫の顔を見ようともしない。

川田は事態《じたい》を察した。

「川田敏雄さんですな」

男の一人が言った。

「はあ」

「婦女暴行の容疑で逮捕状が出ています」

「間違いですよ、それは——」

「あなたを追いかけた巡査が、あなたの顔を確認しました」

もう一人の男が、

「ご出勤の途中で、写真に撮らせてもらいましてね」

と言った。

川田は、喉がこわばって、何も言えなかった。大声で叫びたいのに、それができないのだ。

「同行願いますよ」

と刑事が言った。

「幸子」

川田はやっとの思いで言った。

「これは間違いなんだ。心配するなよ」

幸子は、彼の言葉など耳に入らない様子で、ぼんやりとテーブルの上を見つめている。

上の女の子——留美《るみ》が出て来た。

「どうしたの？」

七歳ともなると、どうも雰囲気がおかしいといったことは分かるようだ。

「ちょっとご用で出かけて来るからな」

と川田は言った。「いい子にしてるんだぞ」

「どこに行くの？」

「ん？　ちょっと――仕事だ」

「おみやげ買って来てね」

「ああ、買って来てやる」

幸子が、突然、

「奥へ行ってなさい！」

と叫んだ。留美はびっくりして逃げ出した。

「おい、幸子――」

「あなたは黙ってて！」

川田は、妻がヒステリーを起こすのを、初めて見た。まあ、無理からぬことかもしれないが……。

「すぐに分かるさ。何もやっちゃいないんだから」

川田が幸子の肩へ手をかけると、幸子は、身をよじって逃れた。――川田は愕然《がくぜん》とした。

幸子までも、彼が本当にやったと思っているのだ……。

刑事に促《うなが》されて、川田は、半ば呆然自失《ぼうぜんじしつ》したまま、玄関へ向かった。

「逃げたことは認めるんだな?」

刑事が訊《き》いた。訊く、というより、怒鳴るというのに近い。――疲れ果てた川田には、その声が、耳元でドラを鳴らされているようにすら聞こえた。

取調室の中は、暗くて、浴びせられた照明だけがまぶしい。狭くて、息詰《いきづ》まるようだ。

「ええ、逃げましたよ」

と、川田は肯いた。「さっきからそう言ってるじゃありませんか」

「何もしてないのなら、逃げることはあるまい」

川田は笑いたくなった。何という単純な人間だろう。その場にいて、同じ立場になったら、こいつだって逃げ出すに決まってる。

「さっきも言いました。同じことですよ」

と、川田は言った。「理屈通りには行きませんよ。いきなり乱暴されたと言われて追いかけられたら……」

「――なかなか強情《ごうじょう》だな」

「だって、やってないんですからね」

「もうすぐ被害者が来る。当人にそう言うんだな」

と刑事が言った。

「こっちも会いたいですね」

川田は怒りで声を震わせていた。

一体どういうつもりなのか。人の家庭をぶち壊しておいて、一体何が面白いのか。

「――被害者が来ました」

と他の刑事が顔を出す。

「よし、待たせておけ」

と刑事は言った。「ついて来い」

川田は、立ち上がった。この部屋から出られるのが、嬉《うれ》しかった。

何だか、浮浪者風の男たちが四、五人、壁の前に並んでいた。

「その間へ並べ」

と言われて、これが、よくTVなどで見る〈面通《めんとお》し〉というやつだな、と気付いた。

被害者に、この中から犯人を選ばせるのだ。

――間違ってくれれば、と川田は祈るような気持ちだった。巡査の証言があるから、おいそれとは認めてくれまいが、女の証言があまり信用できないという印象を与えられれば、それだけでも助かる。

ライトが当てられて思わず目をつぶる。向こうの姿は全く見えない。

「どの男か分かりますか?」

と刑事の声がした。

川田は緊張した。右から三番目に並んでいる。――間違ってくれ。頼むから。

「はい」

女の声が、はっきりと答えた。

「右から三番目の人です」

机が間になければ、飛びかかっていただろう。

女は、無表情に押し黙って、川田を見つめていた。

「やった覚えはないと言い張っているんですがね」

と刑事が言った。

「嘘です。この人が私に乱暴したんです」

「いい加減にしろ！」

川田はいきり立って、「どういうつもりだ！　貴様の嘘で、俺の一生をめちゃめちゃにする気か！」

「静かにしろ！」

刑事が一喝《いっかつ》した。

「私は嘘なんかついていません」

と、女は言った。「はっきり憶えています。この人に間違いありません」

女は眉一つ動かさなかった。――川田は、急に体の力が抜けるような気がして、ぐったりと椅子に座り込んだ。

「ご苦労さん」

刑事は女へ肯いてみせた。

「もう帰ってよろしいでしょうか」

「またご連絡します」

と刑事は言った。

女が帰って行くと、

「——どうだ？　おい、もう諦《あきら》めろよ」

と刑事は川田のほうへかがみ込んだ。

「名前は？」

と川田が訊いた。

「何だと？」

「あの女さ。名前は何というんだ？」

「岸井常子《きしいつねこ》だ」

「岸井……常子」

川田は、初めて名前を知ったのだった。

留置場を出て、雑多な手続きを終えて、やっと、川田は自由の身になった。もちろん、仮の自由ではあるが、心が弾《はず》むような気分だった。

「——あなた」

幸子が待っていた。

「やあ」

幸子は目をそらしながら、

ふっと目が覚めて、全部が夢だったということにならないだろうか、と川田は思った。

昼下がりで、いい天気だった。抜けるような青空が、頭上に広がっている。

川田はそう言った。

「そうしよう。留置場の食事はひどいもんだからな」

と言った。

「どこかで食事でもする？」


以前、家族連れで入ったことのあるレストランで、二人は遅い昼食を取った。

「──この店がこんなに旨《うま》いとは思わなかったよ」

と、川田は、あっという間に肉を平らげて、言った。「食べないのか？」

幸子は、ほとんど手をつけていない。

「食べたくないわ」

川田は息をついた。

「──留美と美香《みか》はどうしてる？」

「母の所にいるわ。学校でも幼稚園でも、もう知れ渡ってるもの」

「そうか……」

川田は、気になっていたことを、思い切って切り出した。「会社から、何か言って来たか?」

幸子は呆《あき》れたように、

「今まで黙ってると思ってたの? 即刻《そっこく》クビに決まってるじゃないの」

「そうか」

川田は息を吐き出した。やはりそうか。

「何てことをしてくれたのよ」

と幸子は言った。平坦《へいたん》な口調なのが、却って川田の胸に突き刺さった。

「おい、いい加減にしてくれ。俺は何もやっちゃいない!」

「だって、認めたんでしょう」

「お前には分からないんだ。何日もろくに眠らせてもらえずに責め立てられてみろ。数時間眠るためなら、何でも認めちまう」

「後に残ってる私たちの気持ちだって考えてよ! 買い物にも出られない、昼間からカーテンを閉めて、電話が鳴ったり、玄関に誰か来る度にビクビクしていなきゃならないのよ」

「俺のせいだっていうのか? 俺は被害者なんだぞ!」

「分かるもんですか！」

川田はまじまじと妻の顔を見つめた。

「幸子……」

「あなた、あの日は帰りが遅かったわ。そのくせ、もう酔いはさめていた。大月さんはあなたと別れた時間を、ちゃんと覚えてたわ。あそこからなら、十五分で来るのに、一時間以上もかかっているじゃないの」

「それは言ったじゃないか。逃げて電車で戻って来たからだ」

「それにしたって、時間がかかりすぎてるわ」

「あの前、川べりで酔いをさましていたんだ。——お前、俺が本当にやったと思ってるのか？」

幸子は正面を向いたまま、

「分からないわ」

と言った。

川田は青ざめていた。——子供が二人まであって、幸福一杯、とまでは行かないもののの、まずまず標準的な家庭生活を送って来たつもりだった。

それが……。

「お前にそんなことを言われるとは思わなかったよ」

「あなたを信じていたのよ。でも、あなたが罪を認めたと聞いて――」

「それはもう言ったぞ。俺は……」

川田は息をついた。「もういい。沢山だ」

「ええ、こっちも沢山よ」

と、幸子は言った。

「お前も出て行くつもりか」

「母の所にいるわ。娘たちのことがあるものね」

「そうか。好きにしろ」

「母はもともとあなたが気に入ってなかったわ。分かってるでしょ」

「さぞ喜んでるだろうな」

「離婚しろと言ってるの」

川田は言葉もなく、妻を見つめた。

「――それで?」

と、やっとの思いで訊く。

「あなた次第ね」

「どういう意味だ」

「今か、それとも後か、よ」

「何の後だ？」

「裁判のよ」

「じゃ、どっちにしろ別れるつもりなのか？」

「あなたのせいよ」

もはや、言うべきことはない。――川田は再び灰色の壁の中へ投げ込まれたような気がした。

幸子はハンドバッグから鍵を取り出して、テーブルに置いた。

「アパートの鍵よ」

「俺は持ってるよ」

「そうだっけ。じゃ、私が持ってるわ」

「おい、待てよ。じゃ、アパートからすぐに出て行くのか？」

「もう出たわ」

と幸子は言った。「もう、一日だっていられないわ。あんな思いをして」

「分かったよ」

と川田は言った。

「じゃ、私、ここで帰るわ。用があったら実家に電話して」

と幸子は立ち上がった。「ここのお勘定は払って行くから」

「そいつはご親切に」

川田は、皮肉のつもりで言ったのだが、幸子には通じなかった。レストランに一人で残された川田は、このまま明日が来ないでくれたらいいのに、と思っていた。


「罪を認めちまったら、もうおしまいですよ、あなた」

弁護士は、やたら大きな声で言った。それで相手に自分の権威を誇示《こじ》しようとでもいうつもりらしい。

「でも、そのときは――」

「そりゃね、みんな言います。警察の取り調べが厳しくて、頭がモーローとしていたとか何とかね」

「事実そうだったんです」

「そんな言い分はまず通りませんぞ。裁判官は文字になり、書類になったものだけを信じます。そういう申し立ては、心証《しんしょう》を悪くするだけです」

「じゃ——どうすればいいんです？」

と川田は投げやりな調子で言った。

「まず罪を素直に認めることです。そして心から後悔しているという態度を示す。そうすれば、あなたは前科もないし、初犯ですから、ごく軽く済むでしょう」

「やってもいないことで、なぜ刑務所へ入らなきゃいけないんです！」

「私に食ってかかられても困りますよ。私はただ、現実的に、あなたに一番いい方法を考えるだけです」

川田は、もう気力も失《う》せて、頭を抱え込んだ。

畜生！　なぜ俺がこんな目に遭《あ》わなきゃならないんだ！

握りしめた掌が、震えていた。

3

朝七時。

川田は今日も「出勤」して行く。——時間帯からいって、近所のサラリーマンたちと顔を合わせることも多いのだが、初めの内こそ、他人《ひと》の目が気になったものの、すぐに慣れてしまった。

バッグを肩から下げて、駅への道を辿《たど》る。

途中、ふと自分を追い抜いていく人々の中に、見覚えのある後ろ姿を見ていた。

「大月君、おい、大月君！」

と追いかけると、同僚だった大月が、振り向いて、

「やあ、川田君」

と目を見張った。

「久しぶりだな」

「うん……」

大月は今にも逃げ出したいという顔をしていた。

「君はどうしてここに？　君の家は次の駅だろう」

「ちょっとその……引っ越したんでね」

「逃げるなよ。別に凶悪な殺人犯ってわけじゃないぜ」

大月はため息をついて、

「いや、顔を合わせるのが辛《つら》くってね。僕も……警察へ呼ばれて、色々訊かれたんだ。

君と別れた時間とか……。僕は言ったんだ。君がそんなことをする人間じゃない、と

ね。しかし、ちっとも聞いてくれない」

「いいんだよ」

川田は大月の肩を叩いた。「別に君を恨んじゃいないさ。憎らしいのは嘘八百を並べて、僕を留置場へ入れた女さ」

「どういうつもりなのかなあ、実際」

「知るもんか」

と言って、「――そうだ。会社のほうは変わりないかい」

「ああ。相変わらずだ。――無実が分かって、復職できるといいな」

たとえ無罪になっても、それは無理だろうな、と川田は思った。

「裁判があるんだろう」

「ああ、もちろん。――やってもいないことを認めて、改悛《かいしゅん》の情を示さないといかんと弁護士に言われちまってね」

川田は、ふと気がついて、「ああ、悪かったな。引き止めちまって」

「いや、いいんだ。――証言することになったら、君が絶対にそんなことのできる奴じゃないと言うよ」

「ありがとう。頼むよ」

と言って、川田は微笑んだ。

川田は細い道を抜けて、まだこの辺には大分残っている雑木林《ぞうきばやし》の奥へと入って行った。

少し高台になっていて、建て売り住宅が固まって建っているのが、見下ろせる。苦労して捜した場所である。川田は茂みの中へ腰をおろすと、バッグから双眼鏡を取り出した。

腕時計を見る。七時二十五分だ。川田は双眼鏡を目にあてて、ピントを合わせた。ありふれた、建て売り住宅の一つ。真新しい、かわいいピンクに玄関が塗られた家。——あれが、あの女、岸井常子の家なのである。

玄関が開いて、夫が出て来る。いつも七時二十七、八分に家を出る。——ごく平凡なサラリーマンらしい。

見送りに出て来たあの女が、目に入った。エプロンをして、新妻らしい感じだ。腕時計を見ながら、足を早める夫を見送って、手を振っている。

夫の姿が見えなくなると、岸井常子は家の中へ姿を消す。

もうこれで一週間、川田は岸井常子の監視を続けていた。

もちろん、彼女を訪ねたりすれば、また何を言い出されるか分からない。ここで、こっそり見張っている他はないのだ。

しかし、一向に、役に立ちそうなことはなかった。

岸井常子は、この一週間で見る限り、かなり、正確な日課を実行している女のようだ。夫を送り出した後、またグウグウ眠ってしまう最近の風潮と違って、掃除や洗濯をさっさと片付けて、買い物へ出る。

二度ほど、彼女を尾行してみたが、買い物はいつも駅前のスーパーである。ただし、急行の停まる駅のほうだ。だから、いつも彼女は、あの公園のある道を通っているわけだった。

スーパーの近くの食堂で昼を食べる。そして帰って、後は何をしているのか、そこまでは分からない。

今日も、十時半頃、岸井常子は買い物に出かけた。——川田は、いい加減、空《むな》しくなって来た。

こんなことをして何になる。こうして、遠くから眺《なが》めているだけでは、事態は少しも変わらない。

会って、話してみるか。向こうがこっちをまた恐喝《きょうかつ》か何かで訴《うった》えるかもしれない。

しかし、このままやってもいない婦女暴行の罪をかぶるのはたまらない。

「そうだ」

ふと、思いつくことがあって、川田は立ち上がった。

――川田は、スーパーマーケットに近い、岸井常子のよく来る食堂へ入った。

レストランとは言い難い、洋食、和食、中華と何でも揃《そろ》った大衆食堂である。

昼時は、買い物帰りの主婦や、近くの商店の店員、スーパーでパートタイマーで働く主婦などで、割合混雑する。

川田は四人掛けのテーブルを捜した。うまい具合に一つだけ空《あ》いている。席に座ると、ランチを注文して時計を見た。

今日もここへ入るとすれば、そろそろ来るだろう……。

そっと表のほうへ目を向けていると、やがて、岸井常子が歩いて来るのが見えた。

川田はバッグを置いてトイレへ立った。

入って来て見回せば、まずあの席が目につくはずだ。バッグがあるから先客のいることは分かるだろうが、他のテーブルよりはゆったりしている。

少し間を置いて、川田はトイレの戸を開けて覗《のぞ》いた。狙い通り、岸井常子は、同じテーブルに座ってメニューを見ていた。店員に注文するのを待って、川田は、席へ戻って行った。

最初は、全く気付かなかった。たまたま同じテーブルになった客の顔など、じろじろと見たりはしないのが普通だろう。

彼女は、大きな買い物袋を、空いた椅子へのせていた。買って来た雑誌をパラパラとめくっている。

川田は、相手が気付くのを待つことにした。――しかし、本当に、これがあの女だろうか、とふと川田は思った。

平然と嘘をつき、無実の人間を罪へ落とした女だろうか？　目の前に座っているのは、ごくありふれた、一人の若妻に過ぎなかった。婦人雑誌のページをめくりながら、時々、微笑んでいる顔は、美しくさえあった。

結局、注文しておいたランチが来るまで、彼女は本から顔を上げなかった。たまたま同じものを注文したらしい。

店の女の子がテーブルに盆を置く。本を閉じた岸井常子は、初めて川田の顔を見た。

――どこかで見た顔だ、という表情が、驚きに変わるのに、数秒かかった。

「――何の用ですか」

彼女の声は震えて、低かった。

川田は軽く微笑んだ。

「僕だって昼食ぐらい食べるさ。それとも、婦女暴行犯は、昼食抜きでなきゃいけないのかね」

彼女は表情をこわばらせて、席を立とうとした。

「食べて行かないともったいないよ。こんな人の大勢いる所で、僕が何かするとでも思ってるのかい?」

彼女は黙って座り直すと、割りばしを割った。――川田は黙々と食べ始めた。

「――偶然ってのは面白いね」

「尾《つ》けてたんでしょう」

「僕はここに先に来てたんだよ。いくら何でも、この席にあんたが座るなんて、分かるはずがないだろう」

彼女は迷っているようだったが、結局、黙って食べ始めた。

「弁護士の奴、罪を認めたほうが刑が軽くなると言いやがった。――僕は検事や弁護士は真実を求めてるんだと思ったが、そんな甘いもんじゃないようだな」

川田はお茶をガブリと飲んだ。

「まあ、僕も、色々と誉《ほ》められないようなことはやってる。しかし天罰にしちゃ、ちょっと厳しいな。会社はクビになる。女房とは離婚、二人の娘もいなくなった……」

岸井常子が初めて目を上げて、川田を見た。そしてまた、食べ始めた。

「分からないな」

川田はゆっくりと首を振った。

「あんたのような、ごく平凡な奥さんが、なぜあんな嘘をつくんだ?」

彼女は警戒するように川田をにらんだ。

「引っかけてもだめです。どうせテープか何かに入れようって言うんでしょう」

「疑り深いね」

「嘘はついていません」

彼女は、あの気丈《きじょう》な女に戻っていた。

「そうか、じゃ、仕方ない」

「だって認めたんでしょう。あなただって」

「好きで認めたと思ってるのかい」

川田は身を乗り出した。「あんただって、丸三日も、一睡も許されずに、訊問《じんもん》されてみろ!　どんなことだって認めるさ」

川田は興奮を抑《おさ》えて息を吐き出した。

と彼女は立ち上がった。——何を勘違いしたのか、伝票一枚に、ランチ二つとなっている。

「失礼します」

「僕が払おう」

と川田は、伝票を取った。

「いいえ、私が——」

彼女は荷物があるので、川田がレジで払い終わってから、やっと追いついて来た。

川田は思わず店を出た。

「待って！　困ります！」

と彼女が声をかけて来る。

「心配するな。これぐらいで減刑を嘆願《たんがん》したりしないさ」

「でも、気が済みません」

と苦労して財布を取り出すと、お金を出そうとした。——そのとき、彼女がハッと

息を呑《の》むのが分かった。

視線が川田の肩越しに、道の反対側を見ている。川田が振り返ると、オートバイが

唸《うな》りを立てて走り去った。

乗っていたのは、革ジャンパーの若者らしい。

「知り合い？」

と川田は訊いた。

「いいえ」

岸田常子の目に、怯《おび》えたような色があった。「それじゃ、これ――」

代金を川田の手へ押しつけると、彼女はスーパーのほうへと戻って行った。

「――むだ骨か」

川田は肩をすくめた。偽証《ぎしょう》を貫《つらぬ》こうという意志は固いようだ。

せめて、どんな理由で嘘をつくのか、知りたかったのだが……。

これ以上尾け回しても意味はあるまい。川田は、歩き始めた。あの川べりの道である。

相変わらず、昼間でも人の姿の見えない道だ。――昼は、それでも買い物帰りの主婦が通るはずだが、今はちょうど少ない時間なのか。

川田は、ぶらぶらと歩いて、あの公園のそばへ来た。

あのとき、ここで彼女に声などかけなければ……。総てはそこから始まったのだ。

突然、

「おい」

と呼ぶ声がした。振り向くと、さっき走り去ったオートバイが停めてあり、革ジャンパーの若者が立っている。――二十一、二というところか。

いささか不良じみた青年だ。

「誰だ?」

と川田は訊いた。

「あんた、あの女とどういう仲なんだい?」

「仲?」

そうか。食堂から一緒に出て来て、お金を払ったりしているのを見て、親しいのだと思ったらしい。

「ただ、ちょっとした知り合いさ」

と川田は答えた。

「それにしちゃ、親しそうだったぜ」

「お前こそ何だ?」

と川田は訊き返した。

「何だっていいや」

若者がフラリと歩いて来る。「あの女には手を出すなよ」

「どういう意味だ？」

いきなり、若者の拳《こぶし》が、川田の腹に食い込んだ。川田は目の前が真っ暗になるのが分かった。

「いいか、憶えとけよ……」

若者の声が、遠のいて行く。

川田は、草の中へ倒れて、気を失ってしまった。

4

目を開くと、誰かの顔が覗き込んでいた。

「──あんたか」

川田は呟いた。──岸井常子だったのだ。

「大丈夫ですか？」

「さあね……」

起き上がろうとして、川田は顔をしかめた。腹に鈍い痛みがある。

「ひどく殴りやがって……」

「もう少し横になっていたほうが……」

「草のベッドじゃ、あまり寝心地がよくないからね」

そろそろと、川田は起き上がった。

「土で汚れてますよ」

「ああ、構《かま》やしない。——あんた、どうして？」

「ちょうど帰りに通りかかったんです」

「放っときゃいいじゃないか」

と川田は言った。「野たれ死にすりゃ、好都合だろう」

「やめて下さい」

彼女は目を伏せた。

川田は肩をすくめて、

「さっきのオートバイの奴、誰なんだ？　あんたに手を出したと思われて、殴られたんだぞ」

「そうですか」

彼女は驚いた様子もなかった。

「知ってる男だろう?」

彼女は少しためらってから、言った。

「弟です。——主人の」

「へえ。ずいぶん乱暴な弟だな」

「手を焼いています」

「あんたに気があるようだな」

彼女は答えなかった。

「私は、もう行きます」

「待てよ、おい」

川田は歩きかけて、腹の痛みに、また呻《うめ》いた。

「大丈夫ですか?」

戻って来た岸井常子が、川田を支える。

結局、川田は、彼女の肩を借りて歩くことにした。

「妙な図だな」

と川田が笑った。

「何がですか?」

「被告と原告が肩を組んで歩いているからさ」

彼女も、微《かす》かに笑った。

「あら、手から血が出て……」

「大したことはないよ」

「でも……家へ寄って下さい。手当をしますわ」

「急に親切になったね」

「主人の弟がやったことですから、責任があります」

「なるほど」

「こっちです」

のろのろとした足取りだったが、やっと、彼女の家へ着いた。

近くで見ると、余計に小さな家である。

「子供はないのかい」

「ええ」

「失礼、上がらしてもらうよ」

「どうぞ」

彼女は川田を居間のソファに座らせると、「すぐに薬を持って来ます」

と言って、出て行った。

居間といっても、本当に狭い部屋で、応接セット一組で一杯だ。

大分、痛みもひいた。——もう引き上げようか、と思って、身を起こしかけたとき、

「キャーッ！」

と悲鳴が聞こえて来た。

川田は立ち上がると、声のした奥のほうへ飛び出して行った。

ダイニングキッチンの床に、さっきの若者が、岸井常子を組《く》み敷《し》いていた。

「おい、よせ！」

と川田が怒鳴った。

「来ていやがったのか」

と若者は川田を見ると、彼女から手を離して、立ち上がった。手にナイフが光る。

「やめろ！」

川田は思わず身を引いた。

「言っといたぞ、こいつに近付くな、と」

ナイフを突き出して来るのを、川田はあわててよけた。

「何をするんだ！」

殺される、と思った。体の動きが違う。それに狭い家の中である。

隅へ追いつめられて、若者がここぞとばかり突き進んで来る。——やられる!

そのとき、若者がアッと短い声を上げげて、その場に崩れた。

岸井常子が、鋭く尖《とが》った包丁を手に、立っていた。——若者の背に、血が流れ出ている。

川田は、まだ体が震えていた。

「助かったよ……」

「殺してしまったわ」

と、彼女は呟いた。川田は、包丁を彼女の手から取った。

「この男だね」

川田は大きく息をついてから言った。「君に乱暴したのは」

彼女が、軽く目を閉じてから、ゆっくり肯いた。

「この人は、前から私に言い寄って来ていました」

「本当にご亭主の?」

「ええ、弟です。——あの晩、主人が遅いのをいいことに、夜、酔っぱらって来ると、私に襲いかかりました」

彼女は苦しそうに顔を歪《ゆが》めて、

「私も抵抗しきれませんでした。服を裂かれて、犯されてしまって……。その後、家から逃げ出したんです」

「そしてあの公園にいた」

「はい。震えている内に時間がたってしまいました。主人は、前から私と弟の仲を疑っていて、あんなことがあったと知れば、弟も、私も許さなかったでしょう」

「それで僕に――」

「ちょうど通りかかって、声までかけてくれる。そこへお巡《まわ》りさんが来て、とっさに、あなたへ容疑がかかればいいと思ったのです。どうせ戻れば、夫ももう帰っていたし、暴行を受けたことは分かるでしょうが、犯人がはっきりしていれば、弟とのことを疑われずに済む。それであんなことをしました」

「そう……。しかしね、こっちの身にもなってほしいよ」

「すみません」

「一一〇番しないと」

包丁を手に、川田はダイニングを出ようとした。

彼女が、倒れている弟の手から、ナイフを取ると、いきなり、それで川田の背中を刺した。

川田は、びっくりして振り向いた。目をカッと見開き、そのままよろけて柱にもたれた。

「どうしてだ……」

と呟きが洩《も》れる。

「夫との生活を守るのよ」

と彼女は言った。「あなたが私に襲いかかって、弟はそれを防いで争った。そして一人は包丁、一人はナイフで死んでいる――誰が見たって、二人で争う内に刺し違えたと思うでしょう」

川田は床へ座り込んだ。足の力が抜けている。

「ごめんなさい。あなたには申し訳ないと思っています」

と彼女は言った。「でも、私は、主人との生活を、誰にも邪魔されたくないの」

川田は目の前が暗くなって来るのを感じた。

畜生――畜生。

どうしてなんだ？　俺は善意で声をかけただけなのに……。

目の前が、夜のように闇に包まれて来る……。

「運が良かったよ」

　と、川田は言った。「ちょうど、事件のことで刑事があの家へ訪ねて来たんだ。危機一髪、命を取り止めたってわけさ」

　ベッドでの生活も、もう一カ月になる。

「よかったなあ。もうすぐ起きられるんだろう?」

　見舞いに来た大月が言った。

「来週ぐらいはね」

「奥さんは見舞いに来ないのか?」

「来られないんだろう」

「どうするんだ?」

「これから?――分からんね」

　と、川田は天井を見上げて、「この事件で色々勉強したからな。ゆっくり考えるさ」

「ぜひ会社へ戻って来いよ」

「そうだな……」

「じゃ、また来るよ」

と、大月は病室を出て行った。

命が助かったとなると、川田は自分が大して変わっていないことに気付いた。

たぶん、また幸子と暮らすことになるだろうし、会社へも復職するだろう。

そして――またこりずに、人助けをやるかもしれない。

たとえ、やめときゃよかったと思うことになっても、だ。――損な性格だ、と川田は思った。ふと、笑いがこみ上げて来た。

手土産に旨《うま》いものなし

1

「ただ今帰りました」

私は横井《よこい》課長のデスクの前に立つと、ちょっと直立の姿勢を取ってそう言った。

「ん？　ああ西島《にしじま》君か。ご苦労さん。どうだったね、値段の折り合いはついたか？」

「結果的には五パーセントの上積みになりました。何とか従来の価格でと押してみましたが、あちらが相当苦しいのは事実のようで……。後で資料を持って参りますが」

「五パーセントか」

横井課長はちょっとの間目を天井へ向けて、素早く計算しているようだった。私は渋い顔で小言を言われるものと覚悟していた。出張前に、必ず三・五パーセント以下に押さえるようにと言い含められていたからだ。

ところが、驚いたことに、横井課長は私の顔へ視線を戻すと、機嫌よく微笑《ほほえ》んで、

「よくやったな」

と言った。「――正直なところ、七パーセント程度は仕方ないと思っていたんだ。よく五パーセントで押さえてくれた。大変だったろう」

「はあ……」

私はいささか戸惑いながらもほっとした。

「報告は明日でいいぞ。今日までは出張扱いだろう」

「はい」

「家へ帰って休め。あっちじゃ、ろくに眠れなかったろう」

「いえ、そんなことも……」

と言ってはみたが、実際はその通りで、私はいわゆる「枕が変わると寝られない」というタイプなので、出張は大の苦手なのである。

「では、お言葉に甘えて……」

「いいとも。ご苦労さん」

私は自分の席へ戻った。東京駅から真っ直ぐに会社へ来たので、スーツケースもそ

のまま机のわきに置いてある。

帰宅することにしたものの、やはり机の上に自分宛の手紙が束ねてあるのを見ると、一応目を通さないわけにもいかず、一旦席へ着いて、手紙を一つ一つ見て行った。すぐに返事を出したり、処理をしなくてはならないものはないようだった。明日、一応処理するものと、それほど急がないものとに分けていると、庶務《しょむ》の池上岐子《いけがみみちこ》がお茶を持って来てくれた。

「やあ、ありがとう」

と茶碗を受け取る。池上岐子が、

「お土産、ごちそうさま」

と言った。私は、しまった、と思った。帰りがけに駅で課への土産を買うつもりで、ついうっかりしてしまったのだ。大体いつも出張すると菓子類の土産を買って来て課に配るのが習慣になっている。

池上岐子も当然私が買って来たものと思って、催促《さいそく》するつもりで言ったのだろう。

「あのね、悪いけど――」

と言いかけると、池上岐子は遮《さえぎ》って、

「三時の休みに配るようにしますわ。とってもおいしそうですね」

と微笑むと、「太って困っちゃうわ」

と愉快そうに言って、自分の席へ戻って行った。——私は、ちょっと呆気《あっけ》に取られていた。とってもおいしそう？　一体何のことを言っているんだろう？

何か勘違いしてるんだ……。

私は肩をすくめて、お茶をガブリと飲み込んだ。

「じゃ、僕は帰るよ」

と隣の席の同僚に言ってから、私はスーツケースを手に、出口へと歩いて行った。

受付のわきに、休暇や外出を書いておく小さな黒板がある。私は〈出張〉の所に自分の名がまだ書かれているのを目に止めて、

「おい、僕はもう戻って来たよ」

と受付の女の子へ声をかけた。

「あ、そうでしたね。——でもお帰りになるんでしょ？」

「そうか、それならまだ〈出張〉でいいわけだな」

と肯いて、ふと、もう一つの名前に気付いた。

「何だ井上《いのうえ》君も出張か」

「あら、いけない！」

と受付の子は立ち上がって、「井上さんももう帰ってたんだわ。消すの忘れちゃった」

「井上君は家へ帰らないのか」

「ええ、何だか忙しいって言って、仕事してるみたいですよ」

「偉いもんだな。こっちはもうトシだ。帰って寝るよ」

と私は微笑んで見せ、「それじゃ」

と言って、廊下へ出た。受付が井上の名前を消し忘れたというのは、決して偶然ではないのである。井上はまだ三十前の若さだが、どこか妙に老い込んで生気がなく、若々しさというものが少しも感じられない男だった。一応真面目に仕事はしているが、人付き合いは極端に悪く、昼休みもいつも一人。およそ誰かと親しげに話をしているのを見たことがない。

そんな風だから女の子にも至《いた》って印象が薄く、帰っているのに忘れられたりするのだろう。

廊下に出て、給湯室の前を通りかかると、中でお茶を淹《い》れている女の子が、

「あ、西島さん、どうもごちそうさま」

と微笑んだ。

「え？」

と訊き返すと、

「これ、私、大好きなんです」

と、菓子の箱を指さした。私には全く憶えがないのだ。

「三時にゆっくりいただきます」

と彼女が行ってしまってから、私は給湯室へ入り、菓子箱を取り上げてみた。まだ包装紙に包まれたままだが、産地を見れば、私が出張していた辺りの菓子でないことはすぐに分かる。

「そうか」

やっと思い当たった。これは井上が買って来たのに違いない。

あの、気のきかない井上にしては、全く珍しいことだが、たまたま帰りの列車を待っている間にでも、ふと思い付いたのだろう。

私はいささか井上に同情したくなった。せっかく買って来たのに、誰も井上の土産だとは思わないのだ。はなから私の土産だと思い込んでいる。

どうしたものだろう？　自分の土産でもないものを、礼を言われては少々気も咎《とが》めるが、しかしだからといって今さら戻って、あれは僕のじゃなくて井上君の土産だなど説明するのも妙なものである。

明日にでも、それとなく言っておこう、と私は思った。そしてエレベーターの方へと歩き出した。

2

「あら、早かったのね」

妻の栄子《えいこ》が意外そうな顔をドアチェーンの向こうから覗《のぞ》かせて言った。

「これでも会社へ寄って来たんだ」

私は茶の間へ上がってネクタイをむしり取った。「疲れたよ……。照夫《てるお》は学校か？」

「塾よ。今日は」

「そうか……」

「何か食べる？」

「いや、腹は減ってない」

「じゃ、寝る？　どうせ寝不足なんでしょ」

「うん、じゃ布団を敷いてくれ」

「はい」

カーテンを閉め、薄暗くなった部屋に、栄子が床《とこ》をのべているのを見ていた私は、立ち上がって行って、後ろから栄子を抱いた。

「何してるの？」

「君も寝不足だろ？　一緒に寝ちゃどうだい？」

栄子は笑って身をよじったが、それ以上は逆らおうとしなかった。

――ゆり起こされたのは、もう夕方というより夜、六時を回った頃だった。

「あなた、起きて！」

「うん……」

私は眠さに閉じそうになる目を無理にこじ開けて、「何だ？　晩飯か？」

「何言ってるの！　大変なのよ！」

栄子の顔は真剣そのものだった。

「どうしたっていうんだ？」

私は頭を振りながら訊いた。

「警察の人がみえてるわ」

「警察？」

ともかくパジャマ姿で出て行くわけにもいかない。慌《あわ》てて着替えたものの、寝ぼけた顔で、何とも冴《さ》えない様子だったに違いない。

玄関へ行くと、よくTVなどで見る刑事とは大分イメージの違う、一見セールスマン風の男が二人立っていた。

「西島さんですね」

と警察手帳を覗かせる。

「そうですが、何か……」

「実はあなたが勤めておいでのK工業で、大変なことがありまして」

「会社で？」

「今日は行かれましたか？」

「ええ。——出張していましてね、今日戻ったんですが、途中会社へ寄って、上司に報告し、それから帰宅したんです」

「会社へ寄った時、土産の菓子を置いて来ましたね」

私は何が何やら分からなかった。

「いいえ、土産は買って来ませんでした」

二人の刑事は顔を見合わせた。

「それは妙ですね」

「しかし……一体何があったんです？」

刑事はちょっと間を置いて言った。

「実はあなたの土産の菓子を食べて、会社の人たちが中毒にかかったんですよ」

「何ですって！」

私は愕然《がくぜん》とした。「みんな、ですか？　どんな具合なんです」

「ほとんど全員です。かなりの重症で……」

「何てことだ！」

私は首を振った。刑事は続けて、

「会社の人の話によると、あなたが買ってこられた土産の菓子だったというんですがね。しかし、あなたは買って来ない、と……」

「ええ。それは思い違いなんですよ」

私は気を取り直して、やはり今日出張から帰った他《ほか》の社員の土産を、てっきり私のものだと社の女の子が思い込んでいたのだと説明した。

「なるほど……。するとあなたは何も買って来なかったとおっしゃるんですね？」

「ええ。つい、うっかりしましてね。井上君の土産に違いないと思いますよ。彼に訊いてみて下さい」

　刑事がふと眉を上げた。

「誰ですって？」

「井上君です。その、今日、出張から戻った奴ですよ」

　刑事は手帳を開いてみると、

「井上幸治《こうじ》という人ですか？」

「ええと……そんな名前でしたね。でも、社には井上は一人しかいませんから」

　刑事はため息をついて首を振った。

「残念ながら、この人に訊くわけにはいきませんね」

「どうしてです？」

「亡くなりました」

　――私は耳を疑った。何と言ったのだろう？　亡くなった。そう聞こえたが……。

「すると……井上君は死んだのですか？」

「そうです。中毒が特にひどくて」

　私は唇をなめた。中毒といっても、せいぜいみんな下痢《げり》をしたぐらいだと思っていたのだ。それが、死者まで出したとは！

「他に……その……」

「いや、この人だけです。後、四人ほど特に症状のひどい人がいますが、命に別状ないということでした」

「そうですか」

私はまだ事態が呑み込めないまま、呆然としていた。分かっていても、納得し切れない、という所だった。

「恐れ入りますが、一応事情を伺《うかが》いたいのでご同行願えますか?」

刑事の言葉は丁寧だったが、拒否できないものを持っていた。

「分かりました。ちょっとお待ちを」

奥へ行くと、心配顔の栄子へ、手早く事情を説明し、

「大丈夫。ちょっとした誤解なんだから」

と安心させておいて、外出の支度をした。眠気をさまそうと顔を洗いながら、これが夢であってくれたらと思った。

3

「何ですって?」

　刑事の言葉に私は唖然《あぜん》とした。

「あの菓子には、毒が仕込んであったのですよ」

　と刑事がくり返した。

「じゃ……誰かがうちの社員を毒殺しようとしたというんですか?」

「そうとしか思えませんな」

「ただ腐っていたとか――」

「いや、分析の結果に間違いはありませんよ」

「しかし……信じられない!　うちの社は、過激派に狙われるようなこともしていないし、そんな、他人ならともかく、他人に恨みを買うようなことは……」

「社内の?――まさか!」

　刑事がじっと私を見つめた。私は、やっと自分の立場を理解した。私が疑われているのだ！

「私じゃありませんよ。大体——そうだ、あの菓子の包み紙を見れば、私の出張先とは全然違う所で買ったのが分かるはずです！」

「あれは都内で買われたものです。今はデパートなどで、地方の名物を売っていますからね」

私は言葉に詰まった。

「そう……そうですか。しかし、だからといって私が……。馬鹿らしい！　どうして会社の連中に毒を盛ったりするんです？」

「それはこちらが訊きたいですね」

刑事は冷ややかに言った。

「誤解ですよ！　あれは私が買って来たものじゃないんだと言ったでしょう」

私は説明をくり返した。刑事は黙って取調室を出て行ったが、すぐに小型のカセットレコーダーを持って戻って来た。

「この病院でとって来たテープを聞いてみましょう」

とボタンを押す。——若い女性の声が聞こえて来た。

「池上岐子といいます。……はい、西島さんのお土産を配ったのは私です。……こんなことになるなんて……。間違いありません。あれは西島さんのお土産でした」

「そんな……」

と思わず私は呟いていた。

「ええ。——給湯室に置いてあったんです。でも西島さんに『ごちそうさま』と言うと、『どういたしまして』って笑ってましたから、確かです」

「そんなことは言わないぞ！」

と私は怒鳴っていた。

「そうですね……。表面は優しそうな人ですけど、お腹の中じゃ何を考えてるか分からない人ですね。……酔うとよく女の子にからんだりして……。ええ、あの人ならやりかねないかもしれません」

私は青ざめて額《ひたい》の汗を拭《ぬぐ》った。いつも私に愛想よく笑いかけてくれた池上岐子の言葉なのだ、これが！

「どうですか？」

と刑事が訊く。

「彼女の記憶違いですよ。それに……酔えば女の子をからかうぐらい、当たり前じゃないですか！」

「じゃ、続きを聞きましょう」

テープから、今度は男の声が流れて来た。

「柴田《しばた》です。西島とは同期で……」

私はほっとした。柴田は社内でも一番親しく付き合っている男なのだ。

「ええ、よく不満を洩らしてましたね。……普段は何も言いませんが、一緒に飲んだりした時には、よく課長や部長の悪口を……『あんな奴、死んじまえばいい』と言ってたこともあります。……ええ、自分本位にものを考える性質《たち》でしたね。……一見真面目そうですが、どうもそれだけじゃないと、もともと思っていました」

私はもう言葉もなかった。これが一番心を許していた同僚の言葉なのか！

「どうです今度のは？」

刑事の言葉に、私は肩をすくめた。

「誰だって同僚と飲めば上役の悪口を言いますよ。あなただってそうでしょう」

刑事は答えずに、テープを進めた。

「――横井です。課長で、西島の上司です。……全くひどいことで。……西島が、ですか？　そうですか。じゃ、まだ、あのことを根に持ってたんだな、きっと。……彼の後輩を、彼を飛び越して係長にしたことがあったんですよ。ひどく怒りましてね。

……ええ、『こんな会社、辞めてやる』とか言ってたようです。そうだ、それにあの事が耳に入ってたのかもしれない。……え？　いや、実は先日の幹部会議で人事問題を検討した時、西島を他の課へ回そうという話が出たんです。……ええ、移る先は、もう出世の見込みのない所で……。きっとそれを伝え聞いてカッとなったのでは……」

私は、そんな話は寝耳に水だっただけに、ただ呆然と課長の話を聞いているばかりだった。刑事はテープを止めると、

「さあ、何か言うことはないのか？」

と訊いた。言葉遣いまでが変わっている。

三日後、私は釈放された。

犯人は井上だったのだ。日頃から、会社で自分だけが不当に迫害されているという被害妄想を持っていたらしい。会社の全員を道連れに、自殺を決意して、実際に自分だけが、毒の量の多い菓子を食べて死んでしまったのだった。

井上のアパートから遺書が見つかり、彼が毒薬を手に入れた経路も分かった。――私の疑いは晴れたのだ。

私は二週間、出社しなかった。会社を辞めようかと思い悩んだ。しかし、今さら辞めてどこへ行こうというのか？——散々《さんざん》考えたあげく、やっと重い足を引きずるようにして会社へ行った。

「やあ、西島！」

私を見るなり、柴田が飛んで来た。

「よかったな！　いや、お前を疑うなんて警察もどうかしてるよ。ひどい目にあったな。ま、災難と思って忘れろよ。みんなもう全快して、出社して来てる。お前のことを心配してたぜ」

と肩を抱く。私は曖昧《あいまい》に笑った。横井課長は私の手を固く握って、

「いやあ、よく出て来てくれた。よほど電話しようと思ったんだが、きっと精神的にも参ってるだろうし、と思ってね。……いや、助かった。君がいないので仕事の能率が落ちて困っとったんだよ。以前の通り、頑張ってくれ！」

「はあ……」

私は席に着くと、積み上げられた郵便物をぼんやり眺めた。——机の上にお茶が置かれた。顔を上げると、池上岐子が微笑んでいる。

「西島さん、よかったですね。みんなで話してたんですよ。西島さんがあんなことす

るわけないって。——本当によかったですね」

「ありがとう」

私は会社の中を見回した。前よりも、どこか寒々として見える。——こんなものさ。

どうせ他人の集まりなんだ……。

ゆっくりとすすった茶が、気のせいか、いつもより苦いようだった。

燃え尽きた罪

1

上役が部下に好かれようと思えば簡単である。四時五十分になったら自分から率先して机の上を片付けて、帰る仕度を始めるのだ。部下もみんな喜んでそれにならうだろう。

だから、嫌われたければその逆をやればよい。つまり――

「さあ、連休だ！」

誰かの声がした。その声は正に庶務課全員の声を代弁していると言ってよかっただろう。

金曜日の四時五十五分。明日は全員が休みの土曜日で、月曜が祝日、というわけである。

もっとも、こういうとき、楽しげに言うのは独身組か、でなければ新婚早々。家族持ちは、

「連休か……」

と、その最後の日の疲労を思って、早くも精神的に疲れてしまっている。

井口明《いのくちあきら》は、独身の二十七歳だったが、あまり趣味や付き合いのない男で、休みといえば独り暮らしのアパートでゴロ寝ということが多かった。

実際、またこの〈T物産〉は、中小企業——それも〈中〉と〈小〉の中間ぐらいのスケールの会社であった。好景気でも大儲《おおもう》け、特別ボーナスの類《たぐい》は期待できない。ましてや不景気の続くここ二、三年、給料はほとんど据え置きに近いのが現状であった。だから、いくら〈独身貴族〉と言われても、物価の高い東京で、連休に景気よく海外旅行などというのは、ここの社員には夢物語だった。

井口は大欠伸《おおあくび》をして席を立った。今日の仕事はもう終わりだ。

大体が仕事が生きがいというタイプではないし、幸い課長は五時まで会議である。後の五分でタバコを一本喫《す》って帰ろう。

洗面所へ行って、メガネを外し、顔を洗う。いつもメガネをかけている人間が、メ

ガネを外すと、何となく寝ぼけたような顔になるが、井口も例外ではない。ただ、もともとが寝ぼけたような顔なので、それをメガネだけのせいにはできなかった。

少々太目でずんぐり型の体、スマートという形容はどう頑張ってもつけられない。まあ当然のことながら、女性にもそうもてる方ではない。

休日といっても、ちっとも面白くないのは、一つにはデートする相手もいないという事情によるものであった。

一人で、アベックの行き交う人ごみを歩いたって、ちっとも面白くもない。あんなブスなんか連れて歩いて何が楽しいんだ、とやっかみ半分の目でにらむか、物欲しげな目でチラリと盗み見るか。——どっちにしても自分が惨《みじ》めになるばかりだ。

やれやれ……。

井口は鏡を見てため息をついた。

それでも、会社へ来るよりは、休みの方がいいのは当然だ。井口とて多少は浮かれた気分になっていたのである。

トイレを出て課の方へ戻ろうとすると、女子のトイレの方から、経理課の笹長紀美《ささながきみ》子《こ》が出て来た。

「あら、井口さん」

「やあ」

井口は笑顔になった。

笹長紀美子は、社内でも数少ない、十人並み以上の美人で、同じ二十七歳だから、もう若手というより中堅の社員だった。

しかし、やや小柄で、可愛い感じなので、男性社員――殊《こと》に独身者には〈本命〉の第一に挙げられていた。もっとも、今のところは紀美子も特に誰といって噂のある相手はいない様子だ。

井口が割合気安く紀美子と口をきけるのは、通勤に使うのが同じ電車で、ごくたまに井口が早目の電車に乗ったときに顔を合わせることがあるからである。

「もう仕事、片付いたの？」

と紀美子が言った。

「いいや、片付いた――ことにしちゃったのさ」

「週末だものね」

「経理は？　忙しくないの」

「今は暇な時期よ」

こんな仕事の話ばかりしてちゃ仕方ないなあ、と井口は内心苦笑した。そういうと

きは、

「連休は暇かい？」

とでも訊いて、どこかに誘うぐらいのことができれば……。

「連休は暇なの？」

井口はちょっとポカンとしていたが、

「今――何て言った？」

と訊き返した。

「連休、何か予定あるの、って訊いたのよ」

「ああ。――いや、ゴロ寝と朝寝坊とＴＶを見るぐらいだね、予定と言えば」

「つまり、予定ないのね」

「そういうこと」

「どう？　湖にドライブでもいかない？」

井口は、何か悪いことでも起こるんじゃないかと思った。

「だって車がないよ」

「免許は？」

「持ってるけど……」

「車は借りればいいわ。運転してくれるでしょ?」

——はは\あ、そういうことか。井口はやっと肯《うなず》いた。何人か女の子同士で遠出するのに、運転手がいないので、暇なら使ってやれ、というわけだ。

やれやれ、びっくりさせるよ。しかし、アパートでゴロ寝よりゃ気がきいてるし、食事代ぐらい持ってくれるかもしれない。

「いいよ、そんなことぐらい」

「よかった！　じゃ、今夜、お食事しながら打ち合わせしましょうよ」

「いいね。じゃ帰りに——」

「一階の出口で待ってるわ」

と紀美子は微笑《ほほえ》みながら言った。

二人は廊下を歩いて行った。

井口が庶務課の方へ曲がろうとして、

「ねえ、ドライブ、って何人ぐらいで行くの?」

と訊いた。

紀美子はちょっと笑って、

「変な人ね。私とあなたの二人じゃないの、もちろん」

と言った。

井口は机に戻って、しばし——といっても、一分ほど仕事が手につかなかった。

どう考えても夢ではない。あの笹長紀美子が、井口をドライブに誘って来たのだ。

それも二人きりで！

どうなってんだ、一体？

しかし、もちろん断わるなんて、思いもよらなかった。

さて、後一分か……。井口は机の上の書類のつづりを閉じて、片付け始めた。

「——おい井口！」

課長の山本《やまもと》が会議を終えて戻って来ると、声をかけて来た。

井口は舌打ちした。何だ、後一分だってのに！

「はい」

「悪いけどな」

と、ちっともそんなこと考えてもいない顔で——大体上司というのは、部下の目にはそんな風に見えるものだ——言いながら、「こいつを二十部、コピーしておいてくれ」

かなり厚味のある書類の束を置く。

「あの……僕がやるんですか」

「そうさ。今日中にやっといてくれ」

「今日中？」

井口は思わず訊き返した。

「火曜日の朝九時から使うんだ」

「でも――」

「女の子は残すと文句を言うからな」

山本は手早く自分の机を片付けた。「俺は接待があるから出かける。頼んだぞ」

「でも課長、僕も――」

井口の言葉は終業のチャイムにかき消された。もちろん、そんなに大きな音じゃないのだが、一斉に帰り仕度をするので、引き出しや椅子がガタガタいい出すのだ。

「今夜は予定が――」

と言いかけたときには、もう山本はさっさと庶務の部屋から出て行ってしまっていた。

「――畜生！」

井口は書類の束を拳《こぶし》で殴りつけた。

「——あら、どうしたの?」

一階のビルの入口のわきに、笹長紀美子が立っていた。赤のコートがすばらしくよく似合う。

「待たせてごめんよ」

井口は封筒をかかえて、急ぎ足でやって来た。「ちょっと間際《まぎわ》に電話が入っちゃってさ」

「いやねえ、五時ぎりぎりにかけて来るなんて」

と紀美子は眉を寄せて、「非常識だわ」

「全くだよ」

と井口は肯いた。「さて、どこへ行こうか?」

「私、いい店知ってるの。行きましょう」

紀美子は井口の腕へ手をかけた。

「う、うん」

井口は声が上ずっていた。——こいつはちょっと出来すぎじゃないのかなあ……。

井口が紀美子を待たせたと言っても、わずか十分足らずのことである。もちろん、四十ページからある資料を二十部もコピーしていたら、一時間では終わらない。八百枚も取らなくちゃならないのだから！

井口はT物産へ出入りしているコピー業者へ電話していたのである。業者なら、一時間に、一枚の原紙から千枚はコピーを取る。

四十枚を各二十部だから、もっと時間はかかるが、ともかく素人がやるよりずっと早い。

井口としては、紀美子の方から食事に誘って来たのだ。それを逃してなるものか、と必死であった。

全く、あの課長の奴と来たら！　自分は接待だとかいって、会社の金で飲みに行っておいて、部下には残って八百枚のコピーを取っとけ、と来る。

結局、コピー業者に聞くと、今夜は夜十時頃までやっているというので、それまでに原紙を持って行き、火曜日の朝、早目に届けさせる、ということにしたのである。場合によっちゃコピー代ぐらい持ってもいい。

彼女とのチャンスを逃すくらいなら、それぐらいどうってことはない。

そう決めて、井口は書類を封筒に入れ、わきにかかえて出て来たのである。

「――味はどう？」

と紀美子が訊いた。

「うん、旨《うま》いね。最高だ」

井口の言葉は至って正直なものであった。事実、そこは最高のフランス料理の店の一つだったから、旨くないわけがなかったのである。

しかし、井口としては、多少、料理を味わうのに、精神的な雑音がなくもなかった。

すなわち、ここの払いは俺がもつのだろうか、ということだった。

だが、その点も、アントレになる前に、紀美子の方から、

「ここの払いは任《まか》せてね」

と言い出し、

「そんなわけには――」

と抗議のゼスチャーを示したものの、

「私が払うんじゃないの。父の名前でつけておくのよ。父が払うんだから、心配しないで」

という言葉にあっさり納得してしまった。

「でも、どうして僕を誘うことにしたんだい？」

「あら、ご迷惑？」

「そうじゃないけど……」

「あなたと一度ゆっくりお話してみたかったの」

夢なら覚めるな、と井口は思った。

「いや、僕はもとからそう思ってたけど」

「そうなの？　嬉しいわ！」

紀美子は、本当にはしゃいでいる感じだった。食後のデザートになって、

「じゃ、明日は何時にしようか」

と、井口は言った。「車は前に借りた所でまた借りるよ。新車がいいな。君の家へ迎えに行くから」

「そうしてくれる？　そうね……朝の内はだめなの、血圧が低いのかしら。お昼過ぎがいいわ」

「お昼過ぎ？」

「一時ぐらいね」

「でも——それじゃ大して遠くへは行けないよ」

「あら、だって夜までに着けばいいんだもの」

「夜までに？」

「どうせ、土、日と二泊することにしてあるんだから、ホテルへ入るのは夜で充分よ」

「ホテルへ……入る？」

井口は、馬鹿げているとは自分でも思ったが、本当に左足で右足を蹴飛ばしてみた。

「私、そのつもりよ」

と、紀美子はあっさりと言った。「いいでしょ？　別に、それで結婚の義務を負わせるなんてことしないから」

「い、いいよ……」

井口は肯いて、思わず身震いした。武者振《むしゃぶる》い、というやつである。

「気楽に楽しみましょうよ。ね？」

紀美子は、そう言って軽くウインクした。井口は微笑んだが、それは、はた目には、顔が引きつった、としか見えなかった。

「――楽しかったわ」

と紀美子は言って、「私の家、ここの五階なの」

と、いかにも洒落《しゃれ》た造りのマンションを見上げた。

「じゃ、明日一時に」

「ここの場所で待ってるわ」

「必ず来るよ」

「じゃ、おやすみなさい」

「おやすみ」

井口は、ちょっとためらったが、明日は同じベッドに入ろうという仲だ。おやすみのキスぐらい構わないだろう、と思った。

紀美子はおとなしくキスを受けて、

「明日、ね」

と囁《ささや》くように言うと、マンションの中へと足早に入って行った。

井口は口笛など吹きながら——もっとも、本人は口笛のつもりでも、他人が聞いたら、ガスが洩れているのかと思ったかもしれない——軽い足取りで駅へと向かった。

あの笹長紀美子が俺を好きだったなんて！　夢のようだ！

「自信を持て！　明日があるぞ！」

と声に出して言うと、井口は両手を、力一杯天へ突き出した。

そして——気付いた。

あの書類の封筒！　コピー会社へ持って行くのをコロリと忘れ、しかも——どこへ行ったんだろう？

井口は、夜道に立って、真っ青になっていた。

2

「ロマンチックね……」

と紀美子は言った。

「うん……」

湖畔《こはん》に立つホテルの最上階のレストランからは、黒い湖面に対岸の灯《あかり》が揺らぐのが遠く眺められた。

美人と二人で、旨いものを食べ、いいワインを飲み、その後はベッドで彼女を抱けるというのだから、正に男としてこれ以上に満足すべき状況は考えられないのだが、残念ながら井口には、単に男としてだけでなく、T物産庶務課員としての立場もあった。

そしてそちらの方は、全く満足すべき状況にはなかったのである。

昨夜は、食事したレストラン、乗ったタクシーの会社にも当たってきた。レストランでは、確かに封筒を預けている。

しかし、店を出るとき、ちゃんと受け取っているのだ。井口も、そう言われて、思い出した。

ではタクシーの中、ということになる。――しかし、そのタクシー会社から、今日、出発して来るまでは、何の連絡もなかった。

見付かるだろうか？　もし出て来れば、喜んで八百枚でも千枚でも、自分でコピーを取るのだが。

もし出て来なかったら？――井口は、その場合のことは、極力考えまい、とした。

「ねえ」

と、紀美子は言った。「あなた、いつも何時頃寝るの？」

「え？　うん、そうだなあ、大体――十一時」

「そう。――今、九時ね。ちょっとまだ早い？」

「そ、そんなことないよ」

「じゃ、部屋へ行きましょうよ」

と、紀美子はウインクする。

井口はたちまち、呼吸、脈搏《みゃくはく》、ともに速くなるのを感じた。

「ちょっと──手を洗って来るよ」

井口はレストランを出ると、エレベーターの前にある赤電話へと急いだ。ポケットを探ってメモを出す。タクシー会社の、電話番号だ。

「──もしもし、遺失物《いしつぶつ》の係を。──もしもし、井口といいますが──」

もう何度も昨日からかけているので、向こうもすぐに分かった。

「書類の封筒ですね」

「そうです」

「実は……」

と言いにくそうに、「あるにはあったんですが」

「あったんですか！」

井口は胸を撫《な》でおろした。

「それが、困ったことになったんですよ」

「というと？」

「ええ。届けがありましてから、うちの全車へ無線で問い合わせてたら、やっと分かりましてね、その車が今夜の勤務のとき、持って来ると言ってたんです」

「それで?」

「その車が事故に遭《あ》いましてね」

「事故!」

「トラックに追突されましてね。運転手は危うく逃げたんですが、車が燃え上がって……」

燃え上がって?――燃え上がって、だって?

「待って下さいよ、それじゃ書類は――」

「ええ、焼けちまったんです」

井口は目の前が真っ暗になるような気がした。

「そんな――そんな馬鹿な!」

と言ってみても、灰をもとの形に戻すことはできない。

井口は、絶望的な気分で、受話器を置いた……。

「もうクビだ」

自分でも言いたくなかった言葉が、つい口をついて出た。

その手を思いついたのは、なぜか、紀美子を抱いて頑張っている最中であった。

ちょっと――いや、ちょっとどころか、大それた計画なので、たぶん、こんなときでなければ、考えもしなかったろう。

そうだ、それしかない。――畜生！

やけくその井口の情熱が、紀美子を充分に愉しませたようで、十二時半になると、紀美子はぐったりと眠ってしまったようだった。

井口はベッドを出てシャワーを浴びた。

「――巧《うま》く行くかな」

と呟く。何しろ下手をすれば監獄行きである。

しかし、他に手はなかった。

あの四十ページの資料原稿を失くしたと知ったら、しかも一部のコピーすらないのだから、山本課長の怒りようは、もう目に浮かぶ。

大体が井口はエリート社員というわけではなく、かつ課長の受けも、あまりいい方ではない。

一度怒鳴られて、それで済むのならともかく、それには事が大きすぎる。ここはやはり、隠し通すことだ。

持ち歩いていて盗まれた、という言い訳も考えたが、もともと会社でコピーを取ることになっていたのだ。それを持ち出したのがいかん、と怒られそうだし、それにあんな書類を盗む物好きもあるまい。

井口は嘘をつくのが下手である。でたらめな話をしたって、見破られるのは目に見えている。特に、盗まれた、となれば警察へ届けなくてはならないのだ。とても、刑事を相手に、しらを切り通す自信はない。

やはり、これしか方法はない。

井口は、一時に、ホテルを車で出た。——この手のホテルは、客の方に何かと複雑な事情のある場合が多いので、客の一人が夜中に出かけても、一向に気にしないのである。

深夜でもあり、二時間足らずで、車は、T物産のビルの近くへ着いた。

井口は、持って来た手袋をはめ、車を出ると、ビルの裏口へと近付いた。

ビルの警備などというのは、大体いい加減なもので、一応ここにも管理人はいるが、相当の爺さんである。井口は、空っぽの管理人室の窓を開けて、中へ入り込んだ。

何の苦労もない。——しかし、やはり慣れないことでもあり、万が一、見付かったらどうするか、と考えると、足が震えた。

管理人の寝ている部屋はその奥である。しばらく耳を澄ましたが、別に起き出す気配もなく、井口は、そっと廊下へ出た。

エレベーターを使うわけにはいかないので、仕方なく、階段を五階まで上る。少々息が切れた。

さて、会社の中へ入るのには、やはり思い切った方法が必要だった。

エレベーターの前に置いてある、足のついた灰皿を持って来ると、入口のドアのガラス窓を、叩き割った。静かなビルの中で、その音はまるで爆弾でも破裂したかという凄まじい音に聞こえた。

自分でびっくりして飛び上がると、井口はしばらくその場にうずくまっていた。全身から汗が吹き出す。

あんな凄い音を、誰も聞かないわけはない、と思った。駅前の交番にも聞こえたに違いない！

しばらくして、井口はやっと体の震えが止まった。——誰もやっては来なかった。当たり前だ。静かだから、凄い音に聞こえただけなのだ。

「やれやれ……」

井口はガラスの破片に気を付けながら、窓から手を入れ、ドアのノブを内側から回した。あっさりとドアが開く。

「さあ、早いとこやっちまうんだ」

事務所の中は真っ暗だろうと思っていたが、窓から表の街灯の光や、通りかかる車のライトが射し込んで、ちゃんと見えるのだった。

「これなら泥棒も便利だなあ」

と妙な所に感心している。

さあ、派手にやらかすんだ！――さっきの音でも大丈夫だったので、井口はすっかり、度胸がついていた。

手当たり次第にロッカーを開けると、中の書類を取り出し、床《ゆか》へバラバラに放り出す。次から次へと投げ出して行くと、たちまち床は書類の山になる。

「こんなによく書類があるもんだなあ……」

十分もすると、ヘトヘトになってしまう。それでも、早くホテルへ戻らなくてはならない。頑張って約三十分で、事務所中のロッカー、キャビネをめちゃめちゃにした。

次は、大きなゴミ袋を持って来て、それに書類を放り込む。もちろん全部は入らないのだが、構やしない。なくなったものがある、と分かればいいのだ。

台車のついた枠に、布の袋を取り付けてあるので、ガラガラと押して行ける。

「そうか、畜生！」

これを地下へ運ぶのはエレベーターがなくては無理だ。

「大丈夫だろう」

井口はすっかり自信をつけていた。階段を一階まで下りて、エレベーターの電源を入れる。前に見たことがあるので、知っているのだ。

エレベーターで五階へ戻り、ゴミの袋を中へ入れて、今度は地下へと向かった。

地下には、毎年、仕事納《おさ》めの大掃除の日にゴミを運んで行く。大きな焼却炉《しょうきゃくろ》があるのだ。

ゴミ袋をそこへ運んで行くと、井口は焼却炉の中に、書類を放り込んで、ライターで火をつけた。紙ばかりだから、たちまち勢いよく燃え上がる。

「これでよし……」

五階へ戻って、ゴミ袋をその位置に返しておく。

井口は息をついて、荒らされた事務所を見回した。——これでいい。あの書類も、どこかへ行ってしまった、と思われるだろう。

いや、きっと大騒ぎで、あんな書類のことなど忘れられてしまうに決まっている。

何も、ここまでしなくても、という気も、ないではなかった。しかし、クビになることを考えれば……。

井口としては、どうしようもなかったのだ。

「――そうだ」

何も盗《と》られていないのでは、却《かえ》って怪しまれるかもしれない。書類だけがなくなっても妙なものだ。

といって、井口の如《ごと》き不器用な人間に、金庫を開けるなどという真似ができるはずもない。

そこで、課長の机の引き出しを荒らしておくことにした。もちろん現金などは置いていないが、一応、荒らした、ということにはなる。

「――もういいかな」

腕時計を見ると三時四十分になっていた。そろそろ引き上げよう。

井口はエレベーターで一階へ下りて行くと、電源を切った。

そして、入って来たときと同じ、管理人の部屋を抜けて、窓口から表へ這《は》い出す。

管理人は、全く起き出して来る気配がなかった。

「こんな管理人じゃ仕方ねえな」

と、井口は笑いながら通りへ出て手袋を外した。

やっと気が鎮まって来る。さて、火曜の朝はさぞ大騒ぎだろうな。

車を飛ばして、今度は一時間四十分でホテルへ帰りついた。五時半頃。少し、空に朝の気配が忍び入っている。

部屋へ入ると、そっとベッドを覗き込んだ。紀美子が、静かに寝息をたてている。井口もそれを見て急に眠気がさして来た。疲れたのである。

それはそうだろう。彼女の相手を務めて、その後、トンボ返りで、泥棒の真似をして来たのだから、疲れるはずだ。

井口は服を脱いでベッドへ潜《もぐ》り込むと、すぐに眠りに落ちてしまった。

「よく寝たわねえ」

昼過ぎにやっと目を覚ました井口へ、紀美子が笑顔で言った。

「やあ。——もうこんな時間か。ごめんよ」

「いいのよ。どうせのんびりしに来たんじゃないの」

「でも、どこかドライブするんだったら、もう急がないと」

とベッドから出る。

「いいわよ、別に。あなたがどこかへ行きたいっていうなら別だけど」

「いや、僕は……一向に構わないけど」

「それに、ほら、お天気もあんまり良くないの」

そう言われてみると、窓の外は、どんよりした曇り空で、どうもドライブ日和《びより》というわけでもなさそうである。

「そうか。じゃ、どうするんだい？」

と井口は言った。

「どうするか、ゆっくり考えてみましょうよ」

紀美子はかがみ込んで井口にキスした。「まずお昼を食べて、それからベッドの中で、ね」

――二人は大いに検討した。つまり健闘した、のである。

いつもは、いかにも清楚《せいそ》な感じの紀美子が、井口をヘトヘトにさせるほどのタフぶりを発揮、部屋から一歩も出なかった割に、井口は腹が減って、夕食は二人前を平らげてしまった。

「さあ、もう一番、頑張るぞ！」

と、宣言したものの、疲労、満腹、寝不足が三つ重なって、目を開けていられるはずがない。

風呂を浴びた後、ベッドで紀美子を待つ内に、瞼《まぶた》は重くなって……。

早く来ないと眠っちまうよ、と思いつつ、本当に眠ってしまった。

月曜日の朝、井口は十時頃、目を覚ました。紀美子はもう服を着ている。

「仕度した方がいいわ。チェックアウトは十一時よ」

「やれやれ……。ごめんよ、眠っちまったんだね」

「仕方ないわよ。昼間張り切りすぎたからだわ」

と、紀美子は微笑んだ。

ホテルを出て、車で東京へ戻る。途中、レストランで食事をし、紀美子をマンションの前で降ろしたのは午後四時だった。

「楽しかったよ」

と井口は言った。

「私もよ。じゃ、またね」

紀美子は、足早にマンションへ入って行った。

レンタカーを返して、井口は、アパートへ戻った。

何だかこの連休の出来事は、夢のように思える。

紀美子からドライブに誘われて、たっぷり楽しみ、一方では会社へ忍び込んで空巣《あきす》まがいのことをやって来た。

正にプラスとマイナス、両極端、というわけだ。明日の朝は、きっと大騒ぎになるだろうな……。

急に、井口は不安になって来た。何か証拠になるような物を残して来なかっただろうか？　大丈夫。——大丈夫のはずだ。

そうとも、大きく構えてりゃ、平気だ。それに、いくら調べたって、俺のことを疑う奴がいるはずはない。

誰が、コピー原紙を失くしたからといって、自分の会社を荒らしたりすると考えるもんか。そうとも、絶対に大丈夫だ……。

多少の良心の呵責《かしゃく》を除けば、井口は実際、大して気にもしていなかったのである。

3

火曜日の朝、さすがに井口は早く目が覚めた。

早々に出勤の仕度は終えたものの、あまり早く出て行って、却って妙に疑われても困る、と、大体いつもと同じ時間になるまで待って、アパートを出た。

それでも、こんなときは結構バスや電車がスムーズにつながって、いつもより十分近く早く、会社のビルへとやって来た。

「やってるな」

ビルの前は、パトカーやTV局、新聞社の車などで一杯だった。通りすがりのサラリーマンやOLたちも、みんな覗き込んで行く。

こっちも意外そうな顔をしなくてはならない。

「おい」

と、ビルの前でウロウロしている同僚を見付けて、肩を叩いた。

「ああ、井口か」

「どうしたんだ、この騒ぎは?」

「ビル荒しだよ」

「ビル荒し?」

井口はちょっとオーバーに驚いて見せた。

「まさかうちの会社が?」

「ところが、その〈まさか〉なんだよ」

「何を盗まれたんだ?」

「知らないよ。入れてくれないんだ」

井口はキョロキョロと見回して、

「他の社員は？」

「さあ。——その辺にいるんじゃないか」

井口は、警官へ、

「あの——五階の社員なんですが、入れないんですか？」

「ちょっと待って」

警官はビルの中へ入って行くと、すぐに戻って来た。「——庶務の方ですか？」

「はい、そうです」

「じゃ、入って下さい。エレベーターは使わないで、階段で上って下さい」

五階へ息を切らしながら上って行くと、ガラス窓の破れたドアが開いていて、刑事らしい男や、制服の警官が歩き回っていた。

「おい井口！」

声に振り向くと、山本課長がトイレから出て来るところだった。

「課長。——荒らされたそうですね」

「そうなんだ。ひどいもんだよ」

山本は首を振った。

「何か手伝うことは？」

「いや、今は警察の人が調べている。うちの課もキャビネやファイルをやられた。お前、何か失くなったものがないかどうか見てくれないか」

「分かりました」

「全くなあ……」

と山本は首を振った。「水田《みずた》も可哀そうに……」

井口は山本の方を向いた。

「水田課長がどうかしたんですか？」

「何だ、下で聞かなかったのか？」

と、山本は言った。「水田が中で殺されとったんだ」

井口は耳を疑った。――殺された？　殺されたって？

開いたドアから、白い布をかぶせた死体が、担架《たんか》に乗せて運び出されて来るのを、井口は、ただ呆然として見ていた。

「――どうだ、おい」

と、山本が言った。

「そうですねえ」

井口は額の汗を手の甲《こう》で拭《ぬぐ》った。自分が放り出した書類を自分が片付けているのだ。どうにも妙な気分であった。

「失くなってる物があるか？」

「ええ。役員名簿の原紙ファイル、在庫伝票のつづり、予備の休暇届用紙の包み……それから、例のファイルもなくなっています」

「例のファイル？」

「ほら、〈H産業関係〉っていう——幻《まぼろし》のファイルですよ」

と、こんなときなのに——こんなときだから、というべきか——井口は笑いながら言った。

〈H産業〉というのは、もうとっくの昔に潰《つぶ》れてしまった、T物産の関連企業で、そのファイルなど、処分してもよさそうなものだったが、何となく、キャビネの一角をびっしりと占めていて、捨てにくい感じだったのである。

大掃除の度《たび》に、

「捨てようか」

という話が出るが、その都度《つど》、

「いや、やっぱり置いとこうぜ」

というとことになるのだった。

だから、井口はもちろん、もっと古い社員でも、そのファイルの中味は見たこともなかった。固く紐《ひも》で縛ってあったのだ。

井口が〈幻のファイル〉と言ったのは、そんな理由であった。

「まあ、泥棒が持ってったのなら、物好きですな」

と井口は言って、山本の顔を見てびっくりした。

山本は、真っ青になって、井口がいるのなど忘れたかのように、息遣いを荒くしていたのだ。

「課長！　大丈夫ですか」

声をかけられて、山本はやっと我に返ったらしい。あわてて咳払いをすると、

「分かった、いや、ご苦労だった。今日はともかく仕事にならん。電話の応対を頼んだぞ」

と、歩いて行く。

「あ、課長、それから――」

と井口は声をかけた。

「何だ？」

山本がギクリとした様子で、振り向く。

「あの――金曜日に帰り際にコピーしろと言われた資料ですが、あれもなくなっています。ちゃんとコピーを取って一緒に置いといたんですが――」

「あれか」

山本は手を振って、「あんなものはどうでもいい」

と、行ってしまう。

井口はポカンとして山本の後ろ姿を見送って、

「何だ、畜生」

と呟いた。どうでもいい、だって？

そのどうでもいい資料のために、こっちは苦労したんだぞ。

井口は自分の椅子にへたり込んだ。それにしても、どういうことなのだろう？

水田課長を殺したのは誰なのか。――水田の死体など、ここへ入ったときにはなかったことは確かである。

すると、水田はその後で殺されたことになる。しかし、ここで殺されたというのは、どういうことなのか？

「——井口さん」

顔を上げると、笹長紀美子が立っていた。

「やあ」

何となくバツの悪い感じで、井口は微笑んだ。

「えらい騒ぎね」

「全くだ。——おたくの課長、気の毒だったねえ」

「そうね。でも変だわ、どうしてここにいたのかしら？」

水田は経理の課長だったのである。

「いつ頃殺されたんだろう？」

「死後丸一日以上は経過してるって、さっき話してたわ」

「ということは連休中か。何か用があって、出て来てたのかな」

「そこへたまたまビル荒しが？——でも、ビル荒しって夜入るもんじゃないの？」

「そりゃそうだろうね」

「たとえ何か仕事があったとしても、昼間来ればいいじゃない？」

「そうだなあ」

「——妙なことは他にもあります」

いきなり他の声がして、井口はびっくりした。何となくパッとしない感じの、中年男が立っていた。

「やあ、びっくりさせて失礼。K署の深町《ふかまち》といいます。お話に入らせて下さい」

刑事にしては、何だか貧相な男だった。もっとも、刑事がカッコいいものと思われているのは、専《もっぱ》らTVの刑事物のせいだろう。

「何ですか。妙なことって」

と、紀美子が訊いた。

「金庫が開けられていることです」

「お金を盗んだんでしょう」

「その通り。しかし、こじ開けたとか、そんな形跡《けいせき》は全くない。——あなたは経理の方ですな」

「そうです。経理の笹長紀美子といいます」

「金庫の番号を知っていたのは？」

「一応、課長と、補佐の森《もり》さんの二人でした」

「一応、というのは？」

「つまり、ここは銀行じゃありません。大したお金も入っていませんし、あんな金庫、破る物好きがいるなんて、思いもしなかったんです」

「ということは、みんな番号を知っていた、と？」

「ええ。だって、時には課長も森さんもお休み、ってことがあるでしょう。でも、金庫を開けないと経理は仕事ができません。だから、たいていの人は教えてもらって知っていました」

「なるほどね」

と、その深町という刑事は肯いた。

「でも――まさか、うちの課の人が犯人だ、なんて――」

「いや、そうは言っていませんよ。金庫だって、水田さん自身が開けたのかもしれない」

と深町刑事は言った。「――水田さんが休みの日にわざわざ出て来ることは考えられますか？」

「ないことはありません」

「何か急な仕事があったんですか」

「私には分かりませんわ」

と紀美子は肩をすくめた。「補佐の森さんにでもお訊きになって下さい」

「ああ、なるほど、いや、分かりました。どうも」

深町刑事が行ってしまうと、何となく井口と紀美子は顔を見合わせた。

「変な人ね」

「あんまりいい感じじゃないね、少なくとも」

と、井口は肯いた。

「ねえ、お昼を食べに行かない？　構わないんでしょ？」

「いいと思うよ。だめでもいいさ。行っちまえば」

実際、十二時を過ぎているのに、まだ警察の捜査は終わらないし、社員たちも、ただうろうろしているだけだった。

井口と紀美子は表に出て、近くのカレー店に入った。

「――うちの課長も変なんだ」

「山本さんが？」

井口はカレーを食べて、辛さに目を白黒させながら、

「そう……ああ熱い……水、水。ほら……例の有名な〈H産業〉のファイルさ」

「幻のファイルね」

「そう。あれがなくなった、って言ったら、真っ青になってね。――あんな物、盗ん

だ奴がいたとすりゃ、チリ紙交換にでも出すしかないんじゃないか」

と井口は言った。

「へえ……。でも、きっと何か大切な思い出でもあるんじゃない?」

「うちの課長は、H産業とは関係ないはずだがなあ」

井口は食べ終えて息をついた。

「——ともかく、こっちには何の関係もない話さ。ねえ、またその内、どこかへ行かないか」

紀美子は、ちょっとポカンとしていたが、

「え?——あ、そうね、その内に、ね」

と曖昧《あいまい》に微笑むと、急いで店から出て行ってしまった。

「何か……悪いこと言ったのかな、俺……」

井口は訳が分からず、呆気《あっけ》に取られて、呟いた。

4

その日、やっと警察の捜査が終わったのは、夕方近くなってからだった。

その後、本格的な後片付けが始まる。男の社員は全員が残って、キャビネやファイルの整理に当たることになっていた。

「やれやれ、連休でクタクタだっていうのに――」

「今夜はデートなんだぜ、俺なんか」

とブツブツ言いながら、みんな仕方なく整理を始める。

井口はあまり文句を言わなかった。自分でやったのだから仕方ない。

山本はどこへ行ったのか、姿を見せなかった。

「おい、おたくの課長は？」

と他の課から声がかかる。

「知りませんよ」

「何か捨てる物あるか？」

「捨てる物？」

「ついでだ。大掃除もやっちまおうかと思ってな」

「はあ……。じゃ、何か出しましょうか。どこへ持って行くんです？」

「地下へ持ってって燃やそうかと思ってんだ」

井口はちょっと咳払いをして、

「持って行きましょうか」

「行ってくれる？　悪いなあ」

「じゃ俺の所のも頼むよ」

「こっちも」

方々から声がかかって、結局、あの台車のついたゴミ袋が一杯になってしまった。

八時頃には、それでも仕事が片付き、みんなが帰り始めた。

「おい井口、いいのか、そのゴミ？」

「ええ、後で焼却炉へ放り込んできます」

「すまねえな」

誰かについて来られてもいやだ、と思ったのである。別にまずいことはないにしても、下の焼却炉に、もし燃え残りの書類でもあって、見つかったら、何か疑問を持たれないとも限らない。

ここは一人で行った方が無難《ぶなん》だと思ったのだ。

「さて、もういいかな……」

みんなが帰って、一人になると、井口は呟いた。

エレベーターで地下へと降りて行く。

焼却炉の前までゴミ袋を押して行って、炉の蓋《ふた》を開けた。――そばにあった火かき棒で中の灰をつついてみる。

やはり完全には燃え切っていない。下の方には、まだ燃え残りの書類があった。

「あ、これは――」

と呟いたのは、例の幻の〈H産業〉のファイルの包みが、灰の下から、出て来たからだった。表面は真っ黒に焼けこげているが、まだ、かけた紐も焼け切れてはおらず、中の方は無事のようだ。

井口は、ふと好奇心に駆られた。なぜ山本が、これが失くなったと知ったとき、あんなに青い顔をしたのだろう?

灰の中から、その包みを拾い出すのは、楽ではなかったが、何とか巧く取り出すことができた。

下へおろすと、さすがに紐も弱っていたと見えて、音をたてて切れ、書類が横滑りに広がった。

「あれ?」

井口はファイルを広げてみて、思わず声を上げた。中の書類が、真新しかったからだ。これはどうみても、十年以上も前からここにしまい込まれていたものとは思えない。

「何だろう？」

一枚ずつめくってみると、――伝票の類らしいが、どうもあまりよく分からない。

そうだ、紀美子なら分かるかもしれない。

もし、これが何か秘密にしておかなくてはならないような物なら……。

ちょっと考えてから、井口はその書類を、ゴミ袋の台車の下へ押し込んでおいて、
急いでエレベーターの方へと戻って行った。

五階に上って、社員名簿で紀美子の家の電話を調べる。かけると、すぐに紀美子が
出た。

「井口だよ」

「ああ、どうしたの？」

「今、まだ会社なんだけどね」

「まだやってるの？　ご苦労様」

「実はね、例のH産業のファイルを見付けたんだ」

と井口は手早く説明して、「君は経理の人だろう。君が見りゃ分かるんじゃないか
と思って――」

「すぐに行くわ！　待ってて！」

紀美子は叩きつけるように電話を切る。井口は耳がキーンとして頭を振った。

何をああもあわててるんだろう？

地下へ戻って、井口は紀美子が来るのを待つことにした。

「その間に少し燃やしとくか……」

と、ゴミ袋の中の書類を少し炉の中へ放り込んで、ライターを出し、火を点《つ》ける。

――少しすると、火が燃え上がった。

ゴミ袋の半分くらいを放り込んで、一旦《いったん》息をついた。早く来ないかな。

大分、腹も空いて来た。

足音がした。

「やあ、待ってたよ」

と振り向いて、そこに山本が立っているのを見て、あわてて、「あ、課長、どうも」

と頭をかいた。

山本は、じっと鋭い目つきで井口を見つめていた。

「何をしてるんだ？」

「ええ、つまり……課長、いらっしゃらなかったんで、ご存知ないんですね。後片付けのときに、ついでに色々整理をしましてね、不要な書類は焼いちまおうというわけでして……」

「そうか」

「課長に相談してから、と思って、うちの課のは、ほとんどありません」

山本は、ゆっくりと井口の周囲を回るように歩きながら、

「一つ訊きたいことがあるんだがな」

「何でしょう?」

「お前、金曜日に渡した原紙を、コピーして置いておいたそうだな」

「そうです」

「それが失くなった」

「ええ。あんな物、盗んでどうするんでしょうね」

「どこでコピーした?」

「それは——会社ですよ」

「あのコピーの機械でか」

「そうです」

「ふむ」

山本は唇の端をねじ曲げるように笑った。

「いいか。あのコピーの機械は、とった枚数がカウンターへ出るようになっているんだぞ。ノートを見ると、金曜日の最後の数字と、機械のカウンターに出ている数字が五十と違わん。八百枚もコピーを取ったはずがないじゃないか」

井口は返事に窮《きゅう》した。

「それは……」

と言ったきり、後が出て来ないのだ。

「さあ、言ってくれ、あの書類はどうした？」

井口は諦めた。とても、隠し通せるものではない。

「実は――」

と話しかけて、ふと、あのH産業のファイルのことを思い出した。そうだ、あれを山本は気にしていた……。

「課長――もし僕がH産業の書類のことを知っていると言ったら、どうします？」

効果てきめんであった。

「何だと！」

山本の顔から血の気が引いた。――と思うと今度は真っ赤になる。忙しい男である。

「やっぱりそうか？　貴様だったのか！」

と言うなり、井口の方へ向かって飛びかかった。井口はびっくりした。そこまでは予期していなかったのである。

が、幸い興奮した山本が足を滑らせて転んだので、井口は危うく難を逃れた。

「畜生！　こいつ」

「待って下さいよ！　何だってんです！　僕は――」

「どこにある、あの書類を返せ！」

起き上がった山本がまた詰め寄って来る。

「課長！　落ち着いて下さい！」

「早く出せ！　絞め殺してやるぞ！」

と山本は形相も凄《すさ》まじい。

そこへ、

「もう諦《あきら》めた方がいいですよ」

と、声がした。

紀美子が立っている。

「危ないよ！　逃げた方がいい」

「大丈夫よ。H産業の書類を握ってる限りね」

と、紀美子は落ち着き払って言った。「山本課長、あなたとうちの水田課長が、裏帳簿を作って、お金を使い込んでいたことは分かってるんですよ」

井口は唖然《あぜん》とした。

「そうか。するとあの書類は――」

「いつも置いてあるけれど、誰も中を覗こうなんて思いもしない。H産業の幻のファイルが、その裏帳簿だったのよ」

「でも、どうして君、それを――」

「どうもおかしいと思ったのは、水田課長がお休みのとき、山本課長が昼休みに誰にも目に付かないように、そっと水田課長の机の引き出しを開けて、何やら伝票を切ってるのを目撃したときなの」

と紀美子は説明した。

「じゃ、君は疑ってたのか、課長のことも?」

「ええ、社長に相談してみると、私に事情を調べてくれ、ってことになって……」

「社長に?」

山本が目を大きく見開いた。

「社長は私の叔父なんですの、みんな知らないことですけど」

今度は、井口も一緒に唖然としてしまった。

「それで、この連休に会社へ忍び込んで、課長の机や引き出しを捜索しようということになり、日曜の夜中、ここへやって来たんです」

「日曜の夜中？」

井口は驚いて、「しかし――」

「あなたはすぐ眠っちゃったでしょう。私は車を飛ばしてここへ来たのよ。ところが、五階へ上がってみると、あの荒らされよう。そして、水田課長が殺されていて、金庫が開いていた、というわけ」

紀美子はじっと山本を見つめた。

「あなたですね、水田さんを殺したのは」

「知るもんか！」

と山本は怒鳴った。

「水田さんは、お金が必要になって、日曜日に会社へ出て来た。そしてあの様子にびっくりした。でも、これが、金の使い込みをごまかす絶好の機会だと思いついたんですね。不足の金は、盗まれたことにしてしまえばいい。そこであなたに電話して会社へ呼び寄せた。――あなたは気の弱い人です。水田課長に誘われるままに、ずるずると使い込みを続けていて、水田課長を憎むようになっていた。あいつさえいなければ……とね」

「でたらめだ！」

「会社にやって来たあなたは、今、水田課長を殺せば、ビル荒しの犯行と思われるに違いないと思い付いた。そこで水田課長に、金庫の中を調べた方がいい、とすすめ、後ろから水田課長を殴り殺したんでしょう」

「証拠があるのか、証拠が！」

「あのH産業のファイルを見れば、横領の罪は確定的ですよ。そしたら、殺人の方も追及されるでしょうね」

「そうか、どうりで青くなったはずだ」

井口はゴミ袋の台車を押しやって、例のファイルを拾い上げた。

「これが動かぬ証拠というわけか」

いきなり、山本が、火かき棒をつかんだ。

「危ない！」

と紀美子が叫ぶ。火かき棒が唸《うな》りをたてて、空を切った。

間一髪、井口は後ろへ飛びすさったが、手にしていたファイルが叩き落とされた。

山本はそれを引っつかむと、焼却炉の蓋を開けた。

「こうしてやる！」

「おい！」

と井口が叫んだ。

山本が、ファイルを火の中へ叩き込んだ。その勢いで、炎がゴーッと音をたてて吹き出して来た。

山本が悲鳴を上げた。炎が顔へまともに吹きつけたのだ。呻《うめ》き声を上げつつ、山本は床へ倒れた。

「心臓が弱ってたんですな」

と、深町刑事が言った。「で、火傷《やけど》のショックでコロッといっちまったというわけですよ」

「そうでしたか……」

紀美子は、布で覆《おお》った山本の死体を見下ろして首を振った。

――事情を話して、やっと解放されたのは、もう明け方近くだった。

井口と紀美子は、冷え込む朝まだきの通りを歩いて行った。

「――君は、会社へ忍び込むためのアリバイ作りに僕を利用したんだな」

と井口は言った。

「まあね。お互い様でしょ」

「どういう意味？」

「前の晩、あなたがベッドを抜け出したのを知らないと思ってるの？　走行キロを見たら、ピッタリ、この会社だったわよ」

「参った！」

井口は総てを正直に打ち明けて、

「社長に――いや叔父さんに話せば僕をクビにできるよ」

「馬鹿ねえ、本当に。たかが、それぐらいのことで。――いいわ、あなたはクビね。でも自主退職の形にしてあげる。他へ勤められるようにね」

「どうもご親切に」

「私はあなたの弱味を握ってるのよ」

「どうしろ、って言うんだ？」

「結婚して」

井口はポカンとして紀美子を見た。井口の口を紀美子の唇が塞《ふさ》いだ。

ゴミをあさっていた野良猫が、不思議そうに二人を眺めて通り過ぎて行った。

冷たい雨に打たれて

1

「また雨かあ」

カーテンを開けると、三井幸子《みついさちこ》がうんざりしたような声を出した。

「よく降るわねえ」

私は、歯ブラシを動かしながら窓の方へ歩み寄った。

「ああ、寒い。――ねえ、スチームは？」

「まだ音がしないよ」

「おじさん、ケチなんだから、もう……。文句言ってやんなきゃ」

と、寒がりの幸子はモコモコした厚手のセーターを着ているのに、ブルブル震えていた。

「コーヒー淹《い》れてあるわよ、飲んだら?」

「ありがとう!」

と、幸子は大きなモーニングカップに飛びついて、両手でカップを挟《はさ》んで、「ああ、熱くていい気持ち!」

と息をついた。

私はつい笑い出しそうになった。

私の名は村田紀子《むらたのりこ》。——T女子大学の三年生である。

ちょっと家が遠いので——といって、通えないほどの距離ではないのだけれど——この学生寮に入っている。

寮というと、何となく貧乏くさいイメージがあるけれど、ここは別。白い、小ぎれいな建物で、二階建ての、そう大きくはないけれど、一つ一つの部屋はゆったりとしている。

上下に各六室。一室に二人が原則だから、二十四人が入居していることになる。もっとも今は、ちょうど私と幸子のいる二階の二〇三号室の下、一〇三号室が空《あ》いているので、二十二人ということになる。

この寮は待遇もいいし、アパートや下宿よりぐっと安上がりなので、入居希望者はいつも順番待ちという状態だ。

それでいて一〇三号室が空いているというのは……。

「あ、やっと音が聞こえ出した！」

と幸子が嬉しそうに言った。

シューッという音が、壁の間から聞こえて来る。スチームがパイプを通り始めたのだ。

一階には、管理人の部屋があって、〈おじさん〉としか呼ばれない男の人がいる。まあ、実際、おじさんには違いない。パッとしない六十ぐらいのお年寄りだ。名前の方はみんな知らなくて、〈おじさん〉とだけ呼んでいるのだった。

おじさんの部屋は当然のことながら、一階入口の目の前にあって、妙な輩《やから》が侵入しないよう目を光らせている。おじさんの部屋の真上は共同の浴室。けっこう大きくて、五、六人で一緒に入れるから、時間をいちいち割り当てないで、好きな時に入っていられる。

トイレと、ちょっとした台所は各室についていた。

「朝ご飯、まだ？」

と、幸子が訊いた。

「これからよ。一緒に行って食べようか」

「うん」

食事は、寮からほんの五十メートルほどの大学の学生食堂で取る。朝食、夕食もそこで食べられるようになっていた。

「ああ、やっと生き返った！」

幸子が体を思い切り伸ばした。スチームが通れば、そうそうだだっ広い部屋というわけでもなく、すぐに暖かくなるのである。

「雨の中を出て行くのもいやねえ」

と、幸子が言った。

「でもパンも何もないのよ。仕方ないじゃない？」

「じゃ、決死の覚悟で行くか」

と幸子がオーバーなことを言った。「食堂までトンネルでも造ってくれないかしら？」

階段を降りて行くと、おじさんが、バケツを手に、一〇三号室のドアから出て来た。

「あら、おじさん、一〇三号室に誰か入るの？」

と私は訊いた。

「来週二人来るってこったよ」

「本当？　へえ、ついに、か！」

と幸子は言った。

一〇三号室にいた二人の女子学生が、一人の男性をめぐって争いになり、結局一人が相手を刺して重傷を負わせたあげく、自殺してしまったのは、もう半年以上前のことだった。

刺したのは外だったが、自殺したのは、当の一〇三号室の中だったので、さすがに、後の入り手が、なかなか見付からなかったのである。

「どんな子なのかしら？」

傘をさして、雨の中を小走りに駆け抜けながら、幸子は言った。

「さあね」

と私は肩をすくめた。

食堂には、寮の仲間が沢山《たくさん》来ていて、自然に長テーブルの一つは寮専用ということになってしまった。

「——へえ、一〇三号室に入るのか」

どうやら、そのニュースは、私たちの耳に真っ先に入ったらしい。たちまちあの部屋のことで、話はもちきりになった。

「幽霊が出るっておどかしてやろうか」

「よしなさいよ、こっちまで気持ち悪くなっちゃう」

「でもさ、時々、変な声が聞こえるの、本当よ」

と、幸子は言い出した。「ねえ、紀子？」

「え？——うん」

私は曖昧《あいまい》に肯《うなず》いた。「まあ、よその部屋からスチームのパイプを伝って、聞こえて来るんだと思うわ」

「だからこそ変なのよ！」

幸子は断固たる口調で、「分かる？　パイプを伝って来るのなら、真下の一〇三号室が、何といっても一番よく伝わるはずだわ」

「じゃ、一〇三号に誰かいるっていうの？」

と他の子たちも身を乗り出す。

そこへ、

「何をヒソヒソ話してんの？」

と声がして、四年生の水沢邦代《みずさわくによ》がやって来た。

寮で唯一の四年生ということもあって、かなり親分ぶっているので、嫌われている。

もっとも当人は自分が嫌われているなどとは少しも思っていないのだ。

嫌われていることが分かるような人なら、そんなに嫌われるはずもないのである。

「何の話？」

と席について、みんなの顔を見回す。

「あの……一〇三号室のことなんです」

と、私は渋々話をくり返した。

なぜか私が三年生の代表みたいになってしまっているのだ。

「ふーん、じゃ物好きなのが入って来るんだね？——遅いじゃないの！」

後の方の言葉は、朝食の盆を運んで来た、一年生の花塚小百合《はなづかさゆり》に向けられたものだった。

「すみません」

と、囁《ささや》くような声で言って、盆を置く。

「コーヒーにクリームを入れるなって言ってるじゃないの！　取りかえといで」

「はい」

花塚小百合は急いでカップを手に走って行った。——小柄で、高校一、二年生といっても充分に通りそうな小百合は、寮に入って、水沢邦代と同室になったのが不運で、ずっと邦代の小間使いのように、顎《あご》で使われている。

おとなしくて、色白の、可愛い娘だったが、それが、いささかはすっぱな感じの邦代にはしゃくにさわるのだろう、と他の寮生たちは囁き合っていた。

「一〇三号室が使えなくなっちゃうんじゃ、つまらないわ」

と、邦代が言った。

「使っているんですか、あの部屋?」

と、私は不思議に思って訊いた。

「その妙な声ってのは、きっとあたしの声だよ」

邦代はフフと含み笑いをして言った。

「水沢さんの?」

「あのおじさん、夜になりゃ眠りこけて、少々物音がしたって起きやしないからね、一〇三号室の鍵を借りて来てね、合鍵を作らせたのさ」

そう言うと、邦代はハーフコートのポケットからキーホルダーを出して、振って見せた。キーホルダーについている鈴が鳴った。

そこへ花塚小百合が、ブラックコーヒーを手に帰って来た。

「でも、一〇三号室を何に使ってるんですか?」

と私は訊いた。

邦代は軽く笑って、

「決まってるじゃないの!——男よ」

と言った。

みんな、さすがに呆気に取られた。いくら邦代が好き勝手に振る舞っているといっても、そこまでやるとは、思っていなかったのだ。しかも、平然とそれをしゃべっている。——ちょっと理解できない神経である。

「部屋でやったっていいんだけどさ」

と邦代は平気で続けた。「何しろお子様と一緒だものね、あたしは」

そう言って、花塚小百合の顔をからかうように見る。小百合は何も言わずに、自分の朝食の盆を取りに行った。

「ああ、そうだわ」

と邦代が食べながら、「今、布団の乾燥機はどこに行ってるの?」

と言い出した。

熱風を出して、布団を乾燥させる機械である。一台、寮にあって交替で使う。このところ、雨続きで、フルに使われているのである。

「私の所です」

と、二年生の子が言った。

「今日と明日、貸しといて。使うから。後で小百合を取りにやるからね」

問答無用である。

「はい」

言われた方はそう答える他、仕方ない。邦代はテーブルの重苦しい気分になどまるで気付かない様子で、朝食を食べ始めた。

2

朝食の後、午前の授業に出てから、私は午後が空いているので、買い物に出た。

雨なので、いやだったのだけれど、どうしても必要な物があって、仕方なく出かけたのだ。

どうせ出たついで、というわけで、少し足を伸ばし、おいしいケーキなど買い込んで、

「これだから、ちっともやせないんだな」

などと自分で納得しながら戻って来た。

雨は何とか上がったが、曇り空の肌寒い一日。たぶん一日中、気温は上がらないんじゃないかしら、と思った。

急ぎ足で大学の裏門を抜けて、寮の方へ足を向ける。その辺は、まだ古い林が残っていて、道はその中を抜けて行くようになっているのである。

私は、ふと人の話し声で足を止めた。

この寒い中で、と思ったせいもあるが、その声が男の声だったのが、注意をひいたのである。

「――君だけだよ、分かってるだろう」

若い男の声である。

「でも、本当にこの間のは、あなたじゃなかったの？」

女の方の声を聞いて、私は、あれ、と思った。あれは確かに……。

そっと木の陰から奥を覗いてみると、大学生らしい、スラリとした青年が、花塚小

百合と話をしていた。

「本当だとも、誓うよ」

と、その青年は、小百合の肩へ手をかけて言った。「信じてくれるかい?」

答える代わりに、小百合は青年の胸に身を投げ出した。二人が固く抱き合い、キスするのを見て、私はこっそりと道の方へ退《さ》がった。

——あの小百合が。人は見かけによらないもんだわ、と私は寮へ入りながら思った。

「おじさん、おまんじゅう買って来たわ、食べて」

私は、〈受付〉と書かれた窓口から包みを出した。

「やあ、いつもすまんねえ」

おじさんはのそのそと出て来た。「一杯、お茶でもどうだい?」

「嬉しいけど、勉強が詰まってて。今度、またね」

「そうかい、それじゃあ……」

私は二階へさっさと上がって行った。いくらいい人でも、昔話を二時間、三時間も、聞かされるのは閉口《へいこう》だ。

部屋へ戻ると、驚いたことに、幸子が布団に入って寝ている。

「あら、どうしたの?」

と私は声をかけた。

「風邪らしい。熱っぽいの」

と、幸子は咳込んだ。

「珍しい。大丈夫なの？」

「うん。寝てりゃ治るわ」

「お大事に。電気、消そうか？」

「うん。そのついでに、ラジオ持って来て」

「何よ、おとなしく寝てなきゃだめじゃないの」

「いいのよ。音楽聞いてる方が気分良くなるんだから」

「呆《あき》れた」

と私は笑った。

仕方なくポータブルのラジオを持って行くと、幸子は、早速小さいとは言えない音でロックを聞き出した。

「ねえ、ちょっと！　私は勉強があるのよ」

と抗議したが、

「病人優先でしょ。健康人は、それぐらい我慢しなさい」

と平然としている。「それから、晩ご飯、運んで来てね」

全く、どこまで図々《ずうずう》しいのか……。

私は、何か物音のせいか、ふっと目を開いた。

——部屋は暗い。

隣では、幸子がスヤスヤと寝息をたてている。これで病人かと思うような、静かな寝息である。

それはともかく……。私は布団からそっと脱け出すと、台所の方へ出て行った。

なるほどそれは声で——確かにそのつもりで聞けば、水沢邦代の喘《あえ》ぎ声《ごえ》にも聞こえるが、はっきりとは分からない。こういう所では、音がどこをどう伝わって来るのか、分からないものである。

やがて声が聞こえなくなった。——私は、何だか自分でもよく理由の分からないままに、その場に立ち尽くして、寒さに身を縮めながら、じっと耳に神経を集中させていた。

ドアの開く音。そして、足音。——一階の、真下らしい。やはり、邦代が誰か男を連れ込んでいたのだろうか。

私は、そっと窓辺に寄って、カーテンを細く開けて外を見た。男が誰であれ、ここを出て、裏門から外へ出るとすれば、この窓から見えるはずなのだ。外はもちろん真っ暗だが、裏門への道に、街灯がある。

しばらく目をこらしていると、誰かが寮から出て来た。男だ。――そして、それは、見憶えのある顔だった。

足早に、逃げるように裏門へ向かって行くのは、夕方、花塚小百合と抱き合っていた、あの青年に違いなかった。

「何してるの？」

急に背後で声がして、私は飛び上がらんばかりに驚いた。幸子が起き出して来ていた。

「ちょっとね……」

「今の、誰？」

「見たの？」

「男じゃない。――あ、そうか、例の……」

「そのようよ」

「やってくれるわねえ」

と、幸子はため息をついて、ついでに――という訳でもなかろうが――咳込んだ。

「ほらほら、寝なさいよ」

と、私は、幸子を押しやった。

それにしても――と、私は布団に戻って考えていた――小百合は、自分の恋人が邦代とあいびきしていることを知っているのだろうか？

知っている可能性が大きい、と思った。同じ部屋にいるのだ。当然邦代が一〇三号室へと出て行くのが分かるだろうし、二人の部屋は一〇五号室なのである。その気になれば、ちょっと廊下へ出て、一〇三号室のドアに耳を寄せていればよい。

当然、中の二人の話し声は耳に入るはずだ。恋人の声なら、容易に聞き分けられるに違いない……。

「やれやれ……」

私はそう呟いて、目を閉じたが、しばらくして、ふと、この寮の入口の戸締まりが気になり始めた。おじさんは当然眠り込んでいたとして、入口の鍵は中からは開けられるから、あの青年は出て行ける。

しかし、その後は？　中から施錠《せじょう》しないと、いつでも外から入れることになってしまう。

気になり始めると、もう眠れない。私は苛々《いらいら》と寝返りを打ったが、結局諦《あきら》めて、確かめに行くことにした。あの邦代が、ちゃんと鍵をかけるとは思えなかったのだ。

一階へ降りると、私は、そっと、おじさんの部屋の窓口を覗いてみた。——明かりが差している。

そして、酒の匂いがした。酔っているのかしら？ そんな頼りない管理人じゃ困るわね。

私は、入口の鍵を確かめに行った。やはり開いている。

降りて来て良かった……。私は、パジャマの上にカーデガンをはおっただけのスタイルだったので、寒さに震え上がりながら、階段を駆け上がった。

3

次の日はまた雨になった。

朝食を学生食堂へ食べに行こうにも、幸子は寝込んでいる。仕方なく、サンドイッチを持って帰ることにした。

学生食堂へ入って行くと、例によって、寮のメンバーが集まっている。珍しく早く来ている邦代が、何やら自慢話らしい。

私はカウンターへ行って、

「サンドイッチを二つ、包んで下さい」

と頼んだ。

ちょうど、花塚小百合が、邦代の分の盆を返しに来た。

「おはよう」

私が声をかけると、小百合は黙って会釈《えしゃく》した。そのとき、寮生たちのテーブルで、邦代が高笑いした。

小百合がキッとなって、邦代の方をにらんだ。私は、小百合の、そんな表情を見たことがなかったので、ちょっとびっくりした。それほど激しい敵意に満ちた視線だったのである。

私はサンドイッチが出来る間に、コーヒーを手に、テーブルの方へ行った。

話の途切れたらしい邦代が、

「相棒はどうしたの？」

と訊いて来る。

「風邪で寝ています」

と、私は言った。「お願いがあるんですが」

「何なの？」

「布団が湿《しめ》っていては、風邪も治らないだろうと思うんです。乾燥機を貸していただけませんか」

「ああ、いいわよ。私、今使ってるから、終わり次第持ってって」

「すみません。じゃ、後で……」

邦代のようなタイプの女は、下手《したて》に出ていれば、割合に扱いやすいものなのである。寮に戻って、サンドイッチを寝床の幸子と一緒につまむ。

「今日は授業あるの？」

と、幸子は訊いた。

「午後一時間。後は来週の試験勉強よ」

「そうか、試験か。——ああ、寝ちゃいられない！」

「焦《あせ》るとひどくなるわよ、風邪が。今日一日は寝てなさい」

私は朝食を終えると、下の一〇五号室へ行った。小百合が、乾燥を終えた布団をたたんでいる。

「それ、水沢さんの？」

「ええ、そうです」

「大変ね、あなたも」

小百合はちょっと微笑《ほほえ》んだだけだった。

「乾燥機、借りるわね」

と私は言った。

「ええ、どうぞ」

乾燥機といっても、そう重い物ではない。二階へ戻ると、一旦幸子を布団から追い立てて、私の布団へ寝かせてから、乾燥機の袋を、幸子の敷布団の上に広げる。それにかけ布団をかけて、袋の口に、乾燥機の送風口のホースを差し込んだ。スイッチを入れると、ヒューンという唸《うな》りと共に、温風が吹き出して、布団に挟まれた袋を満たしながら、暖めるのである。

簡単な物だが、便利には違いない。

「色々ごめんね」

と、幸子は言った。

「何言ってんの。じゃ、タイマーが切れたら、こっちへ戻ってね」

「分かったわ」

「私、調べ物もあるから、図書館に行って、そのまま授業に出るわ。お昼はその帰りに買って来るから」

「ありがとう」

　幸子は肯いて見せた。

　私は、特別に用もなかったのだが、やはり病人をそっとしておいてやりたいという気持ちもあって、図書館へ行った。

　暖房もきいていて、適当に静かで、瞼《まぶた》がついキスしそうになるのを、必死でこらえて、午後の授業に出た。

　ここでも授業を聞く以前に、眠気との闘いである。そしてやっと終わりまで持ちこたえ学生食堂へ。不思議と、もう眠気はさめているのだ。

　ハンバーガーを買って戻って来ると、幸子は、すっぽり布団をかぶって眠っていた。そっと覗き込むと、静かに寝息をたてている。

　眠らせておいた方がいい。

　テーブルの上に、回覧板《かいらんばん》が置いてある。先にそれを隣の部屋へ届けて、戻ってから、ハンバーガーに、やはり買って来たコーヒーの昼食を済ませる。

　やはり、多少は来週の試験のことも気になるので、少し机に向かったのだが……。

条件反射というやつなのか、再び瞼は接近を開始。何度か抵抗を試みるのだが、ついにそれも空《むな》しく、私はいつしか寝入ってしまった。

――ハッと目を覚ましたのは、悲鳴らしい叫びのせいだった。

とはいえ、それが悲鳴だったと気付くまでに、しばらくはかかった。何しろ今の今まで眠っていたのだから、当然だろう。

あの悲鳴が、夢の中のものではないと気付くと、私は立ち上がった。ドタン、と何かが倒れるかぶつかったような音がした。――真下の部屋だ。

私は、出て行きかけて、奥の六畳間を、襖《ふすま》の隙間《すきま》から覗いた。薄暗いが、布団が盛り上がっているのが見えて、幸子はまだ眠っているらしかった。

私は廊下へ出て、階段を駆け降りた。

一階の廊下を、小百合がやって来る所だった。

「小百合さん、あなた、聞いた?」

と私は言った。

「ええ、何か叫び声が……」

「一〇三号らしいわ。行ってみましょう」

「今開けようとしたんですけど、鍵がかかっています」

「鍵が？　じゃ、おじさんに借りなくちゃ」

私は、窓口へ頭を入れて、「おじさん！」

と怒鳴った。

「な、何だね？」

おじさんが少し赤い顔で出て来た。

「鍵を！　一〇三号で何かあったらしいの」

「ふん、一〇三号？　あそこは誰もいないぜ。空っぽだよ」

「それがいるのよ。早く鍵をちょうだい」

「まあ待ちな、今、探すから。――ええと、これはロッカー……。これは……違うか。

ああ、こいつだ。〈一〇三〉って書いてあるだろ」

私は、その鍵を引ったくるようにして取ると、廊下を走った。小百合もついて来る。

鍵を開けて入ると、中はひどく薄暗かった。

「明かりをつけて」

と私は言った。

小百合がスイッチを押す。――部屋の中央に、水沢邦代が仰向《あおむ》けに倒れていた。

胸からは血が溢《あふ》れるように流れている。

「刺されてるようね。でも今やられたばかりよ。——小百合さん、警察へ知らせて」

と私は言ったが、小百合は真っ青になって、突っ立ったままブルブル震えている。

「小百合さん！　早くして！」

と私は怒鳴った。

「は、はい！」

小百合はよろけるように部屋を出て行った。私は邦代に近付いて、脈をみた。もう、邦代の心臓は動きを止めていた。

その傍《かたわ》らには、鋭いナイフが、血のりをこびりつかせて、転がっている。


警察の調査は夜までかかった。——殺人事件なのだから仕方ないだろうが。

はっきりしている事は、あのとき、寮にいたのは学生が六人、それに管理のおじさんの七人だった、ということである。

もっとも、おじさんがアルコールに目がないことは事実で、本当に外からの侵入者をチェックできたか疑わしいとも言えた。

一応、寮生に限れば、私、幸子、小百合、それに殺された水沢邦代、他に二人である。

しかし、幸子はあの悲鳴の聞こえたとき、布団に入っていた。そうなると怪しいのは小百合である。

残る二人は、どうも邦代を殺す積極的な動機に欠けていた。

いくらいやな先輩だからといって、殺しまではしないだろう。

その点、小百合はどうだろう。恋人を邦代に盗られて、恨んでいたことは間違いない。それに、いつも子分のように顎で使われていることへの恨みもあるだろう。

それが一挙に爆発したとすれば……。これは一番筋の通った説明である。

刑事に問われて、答えないわけにもいかず、私は、邦代のことや、小百合とその恋人のことまでしゃべらされてしまった。

案の定、警察は小百合への容疑を強めたらしい。だが、直接的な証拠は一つもない。

小百合の取り調べが続いている間に、私は部屋へ戻ってみた。ずっと離れていたので、幸子が心配しているかもしれない、と思った。

「――どう?」

と部屋へ入って行くと、幸子がゆっくり顔を向けた。

「何があったの?」

「うん……。実はね、人殺し」

私は、事件のことを話してやった。いつもなら目を輝かせて食いついて来る幸子だが、今日はどうも元気がなく、

「そう、大変ね」

などとやっている。

「何だか変ね」

私は幸子の額《ひたい》へ手を触れて、「熱があるじゃないの！」

と言った。かなり熱い。

「少し……熱っぽい」

「少しどころじゃないわよ。お医者さんへ連れて行ってあげる」

私は、急いで部屋を出ると、一階へ降りて行った。

刑事の一人に事情を話すと、パトカーで送ってやると言ってくれた。早速戻って幸子を起こし、着替えさせて、階下へ連れて行った。

「すみません、どうも」

と、さすがに幸子も神妙《しんみょう》に礼を言っている。

そこへ、小百合が刑事に伴《ともな》われて出て来た。

「一応重要参考人として警察へ来てもらうよ」

刑事の言葉に、小百合は黙って肩をすくめた。

小百合の後ろ姿がパトカーへ消えるのを見送って、私は何とも重苦しい気持ちだった。

4

「幸子、もう大丈夫なの？」

その朝、起き出した私は、幸子がもう先に起きて、コーヒーを飲んでいるのを見て目を丸くした。

「うん、ゆうべ、ドッと汗かいてね、そしたらいっぺんに熱下がっちゃった。どうもご心配おかけしました」

「本当よ。三日間も九度以上熱出してんだから、よっぽどお宅へ電話しようかと思ったわ」

私は欠伸しながら、そう言った。幸子は、やはり多少青ざめてはいたが、いつも通りの笑顔を取り戻している。

「こんなに早く起きてどうするの？」

「三日も休んじゃったもの。授業にバッチリ出ようと思ってさ」

「まあ頑張って」

と私はからかうように言った。

「――例の事件、どうなった？」

一緒にトーストを食べていると、幸子が訊いた。

「花塚小百合は否認してるようよ。でも、警察じゃ、間違いなく、彼女の犯行とにらんでるようね」

「フーン。でも、同情するな、やっぱり。水沢さん、殺されたって、自業自得《じごうじとく》よ」

「そうね。やったのなら、犯行を認めれば、情状酌量《じょうじょうしゃくりょう》してくれるだろうけど……。あ、幸子、行っていいわよ。私、後は片付けとく」

「そう？　悪いわね」

幸子は仕度をして、一時間目の授業から出席しようと、張り切って出て行った。

皿やカップを洗っていると、ドアを叩く音がした。出てみると、おじさんが、下に刑事が来ていると言う。

一階へ降りて行くと、事件当日に会った、若い刑事が立っていた。

「――どうも行き詰まっていましてねえ」

表の林の中を歩きながら、刑事が困ったように頭をかいた。「花塚小百合は否認し続けているし、こちらも直接証拠が何もないんです。確かに花塚小百合には動機もあったし、あなたが物音を聞いて下へ降りて行ったとき、一階の廊下にいた。状況証拠にはなります。しかし、ナイフには指紋《しもん》がなかったし、彼女の手からも血液反応が出ない。——これでは有罪の決め手にはなりません」

「それで、私に何を……」

「あなたは、なかなか頭もいいし、冷静に物事を眺めていらっしゃるようだ。——実はね、殺されたとき、水沢邦代が、一〇三号室で何をしていたのか、それが分からないんです」

それは私も考えていた。まさか昼間から、逢い引きでもあるまいが。

「誰かと会う約束をしていたのかもしれませんわ。恋人でなくても、もし、誰かと秘密の話があるとしたら、あそこを使ったかも……」

言いかけて、私はハッとした。もしそうならば、その相手は花塚小百合ではないはずだ。小百合と話をするのに、何も一〇三号室を使う必要はない。二人は同室なのだから、自分たちの部屋で話をすればいいわけだ。

「——花塚小百合さんの彼氏のことは分かりまして？」

と私は訊いた。

「ええ、K大学の四年生でね、大村《おおむら》という男です。――こいつがどうもプレイボーイでしてね、花塚小百合、水沢邦代の他にも、あれこれと手を出していたらしいんです」

「まあ、それじゃ――」

「もし、花塚小百合が、奴のために水沢邦代を殺したんだとしたら、全く貧乏くじを引いたというもんですな。二人以外で、恋人がいる寮の学生さんを知りませんか？」

私は首を振った。別にこちらは情報局ではないのだ。

「もし何か思い出したら、知らせて下さい」

と言って、刑事は帰って行った。

私は何となくいやな気分だった。何だか、自分が警察に友人のことを密告しているような気がしたのだ。

少しムシャクシャして、今日は授業をサボっちまえ、と思った。この程度で休んじまっちゃ、年中休んでなきゃいけないかもしれないが。

学生食堂へ行った私は、まだ昼食にも早過ぎるので、コーヒーを飲んで、時間を潰《つぶ》した。部屋で自分が淹れた方が遥《はる》かに旨い、と内心ブツブツ言っていると、

「村田さん」

と、声をかけられて顔を上げた。

生協の売店の女の子である。

「ちょうど良かった。三井幸子さん、もう治った？」

「ええ、もう今日から授業に出てるわ」

「あらそう。実はね、この間、売った薬のお金、間違ってたの。百五十円、余分にもらっちゃって。——返しといてくれる？」

「いいわよ。預かっとく」

「じゃ、お願い。風邪薬と睡眠薬、両方とも六百円だと思ったら、一つが四百五十円だったの。じゃ、説明しといてね」

「了解」

風邪薬は分かるけど、あの幸子が睡眠薬？

私はおかしくなった。幸子が不眠症なんて話、聞いたことがない。胃の薬か何かと間違えたんじゃないの？

寮の部屋へ戻ると、布団が敷きっ放しになっている。そうか、上げない内に刑事が来て呼ばれたんだっけ。——自分の布団を上げ、幸子のを上げようとしたが、昨夜大汗をかいたと言ってたのを思い出した。

天気はあいにく、また曇り空である。

「そうだ、乾燥機……」

と思い付くと、他の部屋へ探しに行った。

一階で見付けて階段の方へ下げて行くと、一〇三号室のドアが開いて、おじさんが出て来た。私は声をかけた。

「また入り手がいなくなったんじゃない？」

「いや、来週には入って来るとさ」

「へえ！　いい度胸ね」

「だから窓を直してたのさ。鍵がいかれてたんでな」

「窓の鍵が？――壊れてたの？」

「ああ、そうだよ」

すると……犯人は外から入った――窓から侵入したとも考えられるではないか。いや……あのとき、外は雨だった。外から来れば、泥の足跡が畳に残るはずだ。

その辺は、警察も考えているだろう。

二階へ戻った私は、幸子の布団の間に袋を入れ、乾燥機のスイッチを入れた。熱風で袋が膨《ふくら》むと、かけ布団が盛り上がって、まるで誰かが眠っているようだ。

ふっと笑って、さて少し勉強でもしようかと机に向かったとき、ある考えが頭をよぎった。

「まさか……」

呟きが洩《も》れた。そして、私は顔を両手の中へ埋めていた……。


「ただいま。──紀子。どこ?」

三井幸子は、部屋へ帰って来ると、部屋を見回した。奥の部屋で音楽が聞こえる。入ってみると、カーテンが引かれて薄暗く布団が敷かれている。

「紀子、今度はあなたが風邪?」

と幸子が言うと、途端《とたん》に明かりがついた。

「──ああ、びっくりした。何だ、乾燥機か」

「そう。ちょっと見ると、誰かが寝ているように見えるわね」

私は明かりのスイッチの所に立っていた。

「何をしてるの?」

と幸子がいぶかしげに訊く。

「——幸子。あなただったのね、水沢邦代を殺したのは」

幸子の顔が青ざめた。

「紀子……」

「あなたは生協で睡眠薬を買って、あのとき、私が回覧板を持って外へ出ている間にコーヒーへ入れた。そして、一〇三号室に、予《あらかじ》め水沢邦代を呼び出しておいて、私が眠ると、窓から紐を——たぶん物干し用のロープを下げて、真下の一〇三号室の窓から中へ入った。窓の鍵が壊れているのを知っていたから。たぶん、あの大村っていう男と、窓から入っては一〇三号で会っていたんじゃない？——そして水沢邦代を刺し殺した。私は、悲鳴を聞いて、目が覚めたけど、あなたの布団が盛り上がっているのを見て、あなたが寝ているものと思ったわ。でも、それは乾燥機をかけてあっただけなのね。カーテンを引いて薄暗くしてしまうと、ちょっと見たぐらいじゃ分からない」

「紀子——」

「窓から入っても、地面に足をつけていないから、足跡も残らない。そして、またロープを伝って、二階の窓から入って来た。私は下へ行ってしまっていたものね」

「待ってよ。あの日は雨だったのよ。そんなことをすれば、私、びしょ濡れになったはずじゃないの」

「そうよ。だから、最初は仮病だったのに、本当に風邪を引いたんだわ。雨の中、裸で降りて行ったんですものね。それなら返り血を浴びても心配ない。でもあの寒さが……」

幸子は、ふうっと息を吐き出した。

「その通りよ。大村が、そんなに色々と、手を出していたとは思わなかった。馬鹿なことしたわ。でもホッとしたわ、紀子が言ってくれて」

「自首してくれるわね？」

幸子は微笑んで、言った。

「うん。――ね、時々ケーキを差し入れてくれない？」

充《み》たされた駈落《かけお》ち

1

吉沢邦夫《よしざわくにお》にとっては、午後四時は日々人生の岐《わか》れ道である。

サラリーマンにとって、午後四時というのは、やれやれ、やっと今日の仕事も終わりが見えて来たな、と安堵《あんど》の息をつく時間だ。さらに細かく言えば、仕事の残りの量を見て、今日は五時で帰れそうだな、と見極めをつけ、では帰りは家へ一直線か、はたまた途中でアルコールのシャワーを浴びて行こうかと思案する時間でもあるのだ。

「おい、内田《うちだ》」

と、ちょうど通りかかった飲み仲間へ声をかけ、「今夜、どうだ?」

「いいよ」

「じゃ、あそこ？」

「ＯＫ」

戦争中ならスパイの暗号かと疑われそうな記号化された会話で済むのが仲間のいいところである。

「吉沢さん」

隣の席の、新井浩子《あらいひろこ》が、ちょっと冷やかすように、「また飲みに行くの？　奥さんはいいんですか」

新井浩子は二十五歳の、明るくカラッとした独身女性で、すでに四十三歳の吉沢からみれば娘のような――というのはオーバーだがおよそ別世界の宇宙人の如《ごと》き存在である。

「女房だって遅いんだよ、週に三日は何やかやのお稽古《けいこ》だものな」

と、吉沢はいつもの言い訳。これに浩子の反論も決まっていて、

「吉沢さんが早く帰ってあげないから、奥さんだって寂しくて、あれこれ習いたくなるんだと思うわ」

と、いうわけなのだが、今日は、それを口にする前に電話が鳴った。

吉沢と浩子の間に電話があるので、浩子が取って、

「はい。――はい、ちょっと待って」

交換がつなぐ間に受話器を吉沢へ差し出す。「お嬢さんからですよ」

「容子《ようこ》から?」

吉沢は、ちょっと驚いた。一人っ子で、今十五歳、中学三年生である。容子が会社へ電話して来ることなどめったにない。

「もしもし、パパ?」

「何だ、どうした?」

「今、うちに帰って来たんだけど……」

「今? もう四時じゃないか。何してたんだ?」

「クラブよ。そんなことどうだっていいじゃない」

と、容子は苛々《いらいら》した口調で、「ママ、どこに行ったの?」

と言い出した。

「どこ……って、いないのか? 買い物じゃないのか?」

「やっぱ、知らないのね」

「何を?」

「ママ、スーツケース持って、出てったたって」

吉沢は、しばし、容子の言わんとすることがよく分からなかった。容子は続けて、

「隣の佐倉《さくら》のおばさんがね、ちょうどママが出て来るのに出会ったんですって。それで、旅行ですか、って訊いたら、ママが『しばらく留守にしますので』って答えたってことなのよ」

「馬鹿言え！　そんな話は知らんぞ」

「だって本当だもん」

「しかし……確かなのか？」

「私に訊いたって、分かるわけないじゃない」

それはそうだ。しかし――圭子《けいこ》の奴、どこへ行ったんだろう？

「ねえ、どうすんの？」

と、容子が訊いて来た。

「どうする、って……」

「ママに逃げられたんだったら、急いで帰って来たほうがいいよ。心当たりないの？」

「お前は余計な心配しなくていい！」

と、吉沢はつい大声になった。

「あ、そう。でも、夕ご飯はどうするの？」

「きっと――何かの間違いだ。ちゃんと帰って来るさ」

「パパは帰って来る？」

「当たり前だ」

「良かった」

と容子は言った。「一人で残されちゃかなわないもんね」

電話を切って、しばし吉沢はポカンとしていた。新井浩子が不思議そうに、

「何の話だったんですか？」

と訊く。吉沢はあわてて、

「いや――別に何でもないんだ」

と、仕事に戻ったが、急いで書類を取ろうとして、湯呑み茶碗を弾《はじ》き飛ばした。

「あ――」

ガチャン、と派手な音を立てて、茶碗が砕ける。吉沢はため息をついて、頭をかかえた。浩子が席を立って、茶碗のかけらを拾いながら、

「内田さんに、今夜は飲みに行けないよっておっしゃったほうがいいんじゃありません？」

と言った。

吉沢は席を立った。――出て行った？　圭子の奴が？　まさか！　そんなことがあるもんか。そんな……理由がないじゃないか！

洗面所へ行くと、吉沢は冷たい水で、思い切り顔を洗った。


「あなた、ただいま」

木戸昌代《きどまさよ》はマンションの玄関に入って、声をかけた。「――あなた」

返事はなかった。

「いないのかしら……」

と呟きながら、昌代は上がった。勤めの帰り、デパートの食料品売り場で買って来た夕食のおかずの紙袋をかかえて、まず台所へ。

昌代は三十七歳。ある経理士の事務所に、もう十年以上勤めている。夫の木戸久志《ひさし》は、サラリーマンで四十二歳。もっとも、営業畑の人間なので、出勤時間も昼頃だし、帰りは早かったり遅かったり、一定しない。

もっとも今日は、朝、頭痛がするから会社は休むと言っていた。だから当然、昌代としては、木戸がいるものだと思っていたのである。

昌代は、奥の寝室を覗いてみた。きれいなもので、ベッドもきちんと整えてある。

きっと会社に行ったんだわ、と昌代は思った。休むつもりでも、真面目人間なので、ついつい仕事のことが気になったのだろう。

早く帰って来るだろうか？　ともかく仕度はしておこう。

仕度といっても、おかずは全部出来たものを買って来た。これを食べるときに電子レンジで温めればいいのだ。

昌代は着替えをすると、お米をといだ。——さて、これでしばらく間を置いて、電気釜のスイッチを入れればいい。

居間のソファにかけて、新聞を広げる。

「あの人は働き過ぎるのよ……」

と呟く。少し旅行でもすればいい。

二人には子供がない。その気になれば、方々、旅行して回れるだろうが、何しろ木戸は長い休みは新婚旅行のとき以外、取ったこともない。——まあ、旅行はともかくとしても、体をこわさないようにしてくれなくては……。

昌代は、ふと新聞を置いた。

何かおかしいことがあった。寝室で、何かが、目に止まった。いや——どこかおかしい、と思っただけだったが、気になった。何だろう？

昌代はもう一度、寝室を覗いてみた。別に変わりはないようだが……。

「あ、トランク……」

洋服ダンスの上に置いてあった、旅行用のトランクが、消えていた。では、突然の出張か何かがあって、出かけてしまったのだろうか？

しかし、営業とはいっても、木戸の担当はせいぜい都内のはずで、地方への出張など、したこともない。それに、それならそれで電話ぐらいして来るだろう。昌代のほうは事務所から一歩も出ないし、それを木戸はちゃんと承知しているはずである。

やはりおかしい。――昌代は不安になって来た。

そこへ電話の鳴るのが聞こえた。昌代は急いで居間へ戻ると、受話器を取った。

「もしもし」

「あ、奥さんですか？　小林です」

夫の同僚である。何度か遊びに来たこともあり、昌代もよく知っていた。

「まあ、どうも。あの――」

「木戸君は帰ってますか」

「いいえ、今おりませんのですが……」

「そうですか。変だな」

「あの——何か」

「いや、今日、送別会をやろうということで、いつもの飲み屋で待ってるんですがね、さっぱりやって来ないものだから」

「送別会？」

「ええ。肝心《かんじん》の木戸君が来ないんじゃ、送別会にもならないしなあ。まあ、照れくさいから、やめてくれとは言ってたんですが、今日は気のおけない連中だけ集めてるので、それなら、と彼も来る約束をして——」

「あの、ちょっと待って下さい」

と、昌代は遮《さえぎ》った。「送別会というのは、まさか主人の……」

「もちろん木戸君のですよ。——どうしてです？」

夫が会社を辞《や》めた？　昌代はただ唖然《あぜん》として、言葉もなかった。

「もしもし、奥さん」

小林の声が、まるでずっと遠くから聞こえて来るようだった。

「奥さん、どうしました？」

「いえ……何でも……ありません」

昌代はやっと気を取り直した。「あの、もし帰りましたら、お電話させましょうか」

「いや、彼のことだ。約束は守る奴だから、きっと遅れても来るでしょう。どうせ、こっちは飲んで待ってますから。じゃ、どうも失礼しました」

「いいえ……」

昌代は電話を切ってから、しばらく呆然《ぼうぜん》として、その場に座っていた。

夫が、自分に黙って会社を辞めた。そしてトランクがなくなり、行方も知れない。

これは一体どういうことなのだろう？

もう一度、昌代は寝室に入って行った。

気が付くと、ベッドの枕のすぐわきに、封筒が置かれている。

昌代はそれを手に取ってみた。中は、手紙——短い、簡単な手紙だけだった。

〈昌代。僕は家を出て行くことにした。お前が幸福になってくれることを祈っている。退職金、その他は、全部、銀行の口座に振り込んである。久志〉

昌代はベッドに座り込んで、その手紙を何度もくり返し読んだ。——夫が、出て行ってしまった。

何度、これは現実に起こったことなのだと自分に言い聞かせてみても、昌代は信じることができない。これは夢か冗談で、その内にハッと目が覚める。そう信じているのだ。

昌代はそれからどうしたかというと、台所へ行って、電気釜のスイッチを入れ、夕食の用意を始めたのである。もちろん、夫と二人分の夕食だった……。

2

「ねえ、パパ。警察に届けたら？」

日曜の朝——といっても、もう昼に近かったが、吉沢と娘の容子、二人でパンとミルクの朝食を取っていた。

「そんなことできるか！」

吉沢はトーストにかみついた。——圭子がいなくなってから、もう十日たっている。

「だって、ママ帰って来ないじゃない」

容子が不平たらたらなのは、別に母親がいなくて寂しいからではなく、掃除、洗濯、食事の仕度まで、全部やらされているせいなのである。

「見っともない。TVの家出人探しにでも出て、帰って来てくれ、と呼びかけるつもりなのか？」

「いいじゃない。あれも立派よ、それなりに」

「そうかな」

「だってさあ、私、宿題もできないのよ、忙しくって」

吉沢も、それを言われると辛《つら》い。しかし、会社にも、まだ何とかこの件は隠しおおせているのだ。警察へ届けて公開捜査などということになれば、たちまち社内や近所にも知れ渡るだろう。

近所には、ちょっと女房の田舎で不幸があって、帰っています、と言ってある。それもしかし、十日といえば限度であろう。

吉沢としては、妻に逃げられたなどと知れ渡ったら、会社を辞めたい気分だった。何といっても、男のプライドというものがある！

「もうちょっと辛抱《しんぼう》してくれ」

と、吉沢は娘に言った。「二週間たって帰って来なかったら、何とか考えるよ」

「むだだと思うけどなあ」

と、容子はいたってクールである。「警察に届けるのがいやだって言っても、ママがどこに行ったのか、見当もつかないんでしょ？」

「考えられる所は当たってみたよ」

「じゃ、自分で捜すってわけにもいかないじゃない。探偵社なんかに頼みゃ高いし。ね、警察しかないよ」

「うん……」

分かっちゃいるのだ。しかし、吉沢としてはどうしても、妻に逃げられたということを認めたくない。

「でも、パパもボンヤリね。ママに愛想《あいそ》つかされてるの、分かんなかったの？　それとも若い恋人、できたのかな。美人だもんね、ママ、客観的に言って。パパ、あんまりママのこと構ってあげなかったんでしょ」

「子供の知ったことじゃない！」

「はーい」

容子はペロリと舌を出した。「――早く食べてよ。お皿洗っちゃうから」

「おい、まだ――食べてるんだぞ」

「いいじゃないの、それぐらい一口で詰め込んじゃえば。早く食べて！　一緒に掃除しちゃうからね！」

生意気を言いながら、割合によく働いてくれるので、吉沢としては実にありがたい。口に出してそうは言わないのだが。

玄関のチャイムが鳴った。吉沢は一瞬、ハッとする。圭子が帰って来たのか、それとも、圭子が事故にでも遭ったという知らせか、と思うのである。

「――容子、出てくれ」

わざとソファに寝そべって言う。

「パパ、出てよ、たまには！」

容子はブツブツ言いながら玄関へ行く。何やら話し声がして、容子が戻って来た。

「パパ、お客さん」

「誰だ？」

「木戸さんっていう女の人。ママのことだって」

吉沢は起き上がった。


「――すると、ご主人と私の妻が？」

と吉沢は言った。

「奥様がいなくなられたのは十日前、木曜日ですね？」

木戸昌代というその女性は、いかにも職業婦人らしい、芯《しん》の強さを感じさせた。

「ええ、そうです」

「同じ日に主人もいなくなりました」

「しかし……」

吉沢は何と言っていいのやら、戸惑った。

「主人と奥様が、知り合いだったのかどうか、私も確証はありません」

「では、どうして家内のことを？」

「主人がよく行く飲み屋とか、バーとか、その他、出入りしていた所に軒並《のきな》み当たってみました。主人が親しくしていた女性はいないか、そんな噂はなかったか。——でも、全然、そんなことは耳に入りませんでした」

「すると……」

「私、途方に暮れてしまいました。女のことが原因でないとすると、一体どうして出て行ったのか、見当もつかなかったからです。——失礼ですが、奥様が家を出られるようなお心当たりは？」

「い、いえ、それが全く……」

「方々、お捜しになったんでしょうね」

「はあ——つまり——もちろんです。見付かりませんので、どうしようかと……」

ドアのほうを、吉沢はちょっと見やった。外で容子が聞き耳を立てているのは分かっていた。

「で、ふっと思い出したのが、三カ月ほど前に、主人が病院で検査を受けたことでした」

「病院？　そういえば……家内も確か……。おい、容子！」

呼んだとたんにドアが開いて、容子が入って来る。少しは間を置けばいいのに、と吉沢は赤面した。

「なあ、ママが病院で――」

「うん、やっぱ三カ月くらい前よ」

と、即座に容子が言った。

「どこかお悪かったんですか」

「いや、何かこう、疲れるとか何とか言ってましてね、自分で勝手に誰だかのつてで行ったようです。何でもなかった、と言って笑ってましたが」

「主人は会社の健康診断で、精密検査を受けるように言われたんです。でも、やっぱり何でもなかったと言っていました」

木戸昌代はちょっと間を置いて、「それで、私、その病院へ行ってみました。――幸い主人を診《み》て下さった方が分かりまして、話を伺《うかが》ったんです。そのお医者様が、その日、主人と一緒に女の人が来ていた、と教えて下さいまして」

「それがうちの――?」

「看護婦さんが、憶えていて下さったんです。何でも、あの病院の先生のお友達とか」

思い出した。圭子が、高校のとき、同じクラブの先輩だった人が大学病院の医師をやっているから、その人に頼んでみる、と言っていたのだ。

「それでここへ……」

「病院の人の話では、主人とそちらの奥様が待合室で話をしていたということしか分かりませんでした。それだけでは、別にどうという証拠にもなりませんが、他に辿《たど》る糸もなく、念のため、このご近所で奥様のことを伺ってみると、やはり十日ほど前から行方が分からないらしい、と……」

近所には田舎へ帰っていると言ってあるのだが、やはり、何となく話は広まっているようだ。

「おっしゃる通りです」

と、吉沢は言った。「しかし……家内はお宅のご主人とどうして知り合ったんでしょうね」

「そんなの、分かんないじゃないの」

と、容子が口を挟《はさ》んだ。「ただ喫茶店で隣のテーブルだったのか、電車で席を譲ったのか。いくらだって考えられるわ」

「お前は黙っていなさい！」

木戸昌代が微笑《ほほえ》んだ。

「いいえ、お嬢さんのおっしゃる通りです。どんなきっかけで知り合ったか分かりません。ただ……私がぼんやりしていただけなのかもしれませんが、主人が、他の女性と会っているなどとは、疑ったこともなかったんですの」

「こちらも同様ですよ、全く、寝耳に水というやつだ」

と、吉沢がため息をつく。

「——いかがでしょう」

と、木戸昌代が言った。「私一人では力にも限りがあります。一緒に二人を捜してみてはと思うのですが」

容子が、冷やかすように父親を見た。吉沢としては、ついさっきまで、こっちから女房を捜しに行くなど、男の体面にかかわる、と思っていたのだ。しかし、木戸昌代が、女性の身で、バーや飲み屋を歩いて夫と噂のあった女を捜し回ったと聞いて、やはり多少恥ずかしいという気持ちになった。

「もちろんです」

と、吉沢は言った。「協力させていただきますよ」

「ありがとうございます」

と、昌代は頭を下げた。「——でも、私は家事をやりますから一人になっても困りませんが、お宅は奥様がいないと大変でいらっしゃいましょう」

「ええ、まあ……。こいつが猫よりはましな程度にはやってくれますが」

「ひどいわね、パパ！　もう洗濯してあげないよ」

「おい、容子——」

「お食事どうなさっておいでですの？」

と昌代が訊いた。

「こいつが何か適当に。それに外食で済ませたりしています」

「そうですか。でも、お嬢さん、偉いですねえ」

容子は、どうです、という顔で、父親のほうを見た。

——その夜は、夕食を、吉沢と容子、それに木戸昌代の三人で、吉沢の家から近いレストランで取った。

あれこれと、捜索の手掛かりになりそうなことを話し合っている内に夕方になってしまったので、自然、そうなったのである。

「——じゃ、奥様が実家のほうへお帰りになったとは考えられないわけですわね」

昌代が、食事の後、紅茶を飲みながら言った。

「それはないでしょうね」

と、吉沢が肯《うなず》く。「女房の両親はもうとっくにいませんし、あの辺の親類とは全くの没交渉《ぼっこうしょう》ですから」

「うちの主人も東京の人間で、あまり地方には親戚や友人もおりません。どこか都内にいるとしても、親しいお友達にはみんな当たってみたのですが、誰も知らないと……」

「隠しているのでは？」

「そうだと困ると思いましたので、前以《まえも》って何も言わずに、いきなりその人たちの勤め先へお邪魔したんです。みんな主人がいなくなったことも知らなかったようで、びっくりしておられましたわ。普通の人が、あんなに上手に嘘はつけないと思います」

吉沢は、ほとほと感心した。この女性は、本当にしっかりしている。そして、夫を愛しているのだ。いや、自分だって圭子を愛していないわけではない。だが、面子《メンツ》にこだわって、今まで捜そうともしなかった……。

「──差し当たり、病院の先生にお会いしてみましょうか」

と、昌代が言った。

「そうですね。私もちょうどそう思っていたところで」

せめてこれぐらい言わなくては、それこそ容子の手前、面子が保てなくなる。

「明日、会社はお休みになれます?」

「はあ。大丈夫……だと思いますが」

いささか頼りなげに言った。もちろん、仕事は山積している。

「あの……あなたも働いていらっしゃるんでしょう。お休みを取っていらっしゃるんですか?」

と、吉沢は訊いた。

「辞めましたの」

「辞めた?」

「しばらくお休みしても、と思いましたが、却《かえ》って、事務所の方に迷惑をかけてしまいますし。それに、貯金が多少はございます。主人の退職金なども。ともかく、捜すことに専念しようと……」

レストランの前で、翌日八時半にK大学病院で会う約束をして、別れる。

家へ戻る道すがら、容子が言った。

「パパと大分違うわ、あのおばさん」

「うるさい」

吉沢は渋い顔で言った。——確かに、木戸昌代の、あの粘り強さというか、決して諦めることなど考えない、そして、捜し歩くことで、夫が家を出て行ったことが世間に知れることなど一向に意に介さない。その強さに、吉沢は圧倒されていた。

3

八時二十分に、大学病院の受付近くに行くと、待合室の長椅子に、もう木戸昌代の姿があった。

「おはようございます」

と、昌代が丁寧に挨拶する。

「どうも……」

吉沢は、並んで腰をおろした。

「――奥様のお知り合いの丹沢《たんざわ》先生に、九時の診療前に会っていただくように、お願いしておきました」

「そ、そうですか」

吉沢は、圭子の先輩という、その医師の名前すら知らない。全く……。

吉沢は八時四十五分になると、立って、赤電話のほうへと歩いて行った。まだ社を休むと連絡していないのである。あまり早くかけても誰も来ていないに違いないからだが、内心、どう言い訳しようかと迷っていたせいもある。

風邪気味で、か。いや、ここからかけたら、周囲のざわつきで、自宅でないのが分かってしまうだろう。

急用で、とでも言う他はないな、と思いつつ、ダイヤルを回した。

「――ああ、吉沢だけど、課長を。――吉沢ですが」

「何だ、どうした？」

例によって、ぶっきら棒な課長の声が聞こえて来る。部下が休むと機嫌が悪くなり、自分はそのくせ平気でゴルフなどへ接待と称して行ってしまうのである。

「実は――」

と言いかけて、吉沢はふと、待合室の椅子にじっと座っている木戸昌代のほうを見た。

夫を捜すために、勤めを辞めてしまった女性。——真っ直ぐに背筋を伸ばして、少しも、悲嘆《ひたん》にくれている様子など見せない。

「実は——」

と吉沢は言った。「家内が家出して、行方が分からないんです」

「何だと？」

課長も面食《めんく》らったようだった。

「捜し出すまで、しばらく休ませて下さい。何日かかるか、まだ分かりません。詳しいことは、またあらためて連絡します」

「分かった」

課長のほうは、すっかり飲まれた格好だった……。

電話を切ると、看護婦が一人、昌代に声をかけているのが見えた。吉沢は急いで待合室へと戻った。

「——谷畑《たにはた》さんのご主人ですか、これはどうも」

丹沢という、その医師は、圭子の旧姓を言った。「あ、失礼、ええと、吉沢さん、でしたね。丹沢です。奥さんには高校時代、振られた記憶がありまして。——どうぞ、おかけ下さい」

薬の匂いはそれほどしない。割合、ごみごみした診察室だった。九時からの診療を前に、看護婦が忙しく出入りしている。事情を説明する二人の話も、途中、

「先生、××さんの薬はどうします」

とかいった看護婦の声に遮られた。

「そうですか」

丹沢は、年齢より大分若く見える顔に、ちょっとしわを刻みながら、「——圭子さんが家出ねえ。あの人らしくないことかもしれませんな、確かに」

と言った。

「家内の具合はどうだったんでしょう?」

と、吉沢は訊いた。「あれは何でもなかったと言っていましたが……」

「ええ、もちろんです。ちょっとした消化不良ですよ」

と、丹沢は肯いた。「それが原因でどうこうということは考えられませんね」

「こちらの方のご主人——木戸さんという人と一緒だったらしいのですが」

「さあ、それは……」

丹沢は頭をかいて、「私はここでお会いして検査しただけでしてね。圭子さんがお一人だったかどうか、全く分かりません」

それは当然のことだろう。吉沢は、諦める他はないと思った。

そのとき、昌代が口を挟んだ。

「廊下に主人がいたのではないかと思うのですが、お気付きではありませんでしたでしょうか？」

「さあ、残念ながら、今申し上げたように、ここで会っていただけですのでね」

「そうですか……」

「先生、家内が、旅の話とか、どこそこへ行きたいとか、そんなことを言いませんでしたか？」

「いや、話題は専《もっぱ》ら昔のことばかりだったですね」

「今の暮らしに不満があるとか……」

「そんなことは、おっしゃっていませんでしたよ」

これでは、何の収穫にもならない。丹沢医師は、

「早く見付かるといいですね」

と慰《なぐさ》めてくれたが、病院を出る吉沢の足取りは重かった。

「――これからどこを捜しますかね」

と吉沢が言ったが、昌代は、何か考え事をしている様子で、少し間を置いてから、

「え――ええ、そうですね」

と急いで言った。「私、また明日から、主人の知り合いを訪ねて回りますわ」

「そうでもする他はないようですね」

と、吉沢は肯いた。

「私、ここで失礼します」

ちょっと唐突な感じで、昌代はそう言った。

「どうも色々と――」

と、吉沢が言い終わらない内に、昌代はさっさと歩いて行く。

吉沢は、ちょっと面食らって、その後ろ姿を見送っていた。――何か気を悪くするようなことを言ったかな、俺は？

「パパは女心を分かってないんだから」

その晩、夕食のとき、容子がそう言い出した。

「子供が何を言ってるんだ」

「気が付かない内に、あの木戸さんっていう人を傷つけたのよ、きっと」

「俺は何も――」

「女心を解《かい》していないから、ママに逃げられたんだもん」

全く、今の中学三年というのは、口の達者なこと、大人以上である。

「で、パパ、明日からどうするわけ？」

「捜して歩くさ」

「どこを？」

「ママの友人、お稽古事《けいこごと》の仲間、先生……。チラッと家出の話を洩らしてるかもしれんからな」

「あんまり期待できないけど、頑張って」

吉沢は苦笑した。この容子の明るさが、ある意味では吉沢の救いである。二人して暗く沈んでいたら、やり切れまい。

「あ、そうそう」

後片付けしながら、容子が言った。「スーパーの帰りにね、近所の人に言われちゃった」

「何を？」

「ママ、家出したんですってね、って」

「無視しとけばいい」

「それだけじゃないの」

「じゃ、何だ？」

「『もう次のママが来てるって本当？』って訊かれた」

「何だと？」

吉沢は呆れた。

「びっくりしちゃったけど、よく聞いてみるとね、あの木戸さんって人のことらしいんだな」

「あの人が？」

「ゆうべ、レストランで夕ご飯食べたでしょ、一緒に。それを見てた人がしゃべったらしいの。噂って怖いね」

「呆れたもんだ、全く！」

吉沢は吐き捨てるように言った。「相手にするんじゃないぞ」

「うん」

吉沢は腹が立った。人の家の不幸を、話の種にして喜んでいるのだから、全く、低俗な連中だ！

これで立場が逆なら、自分だってそんな噂を面白がったかもしれないが……。

ムシャクシャして、吉沢は新聞を乱暴に広げた。ビリッと音がして、新聞が派手に破れていた。

翌日から、吉沢は、在京《ざいきょう》の圭子の親類縁者《えんじゃ》、友人、同窓生の類《たぐい》を、分かる限り調べ上げて、訪ね回った。

みんな一様にびっくりし、同情してはくれるのだが、一向に、圭子を見付ける手掛かりになることは出て来なかった。

三日間、それを続けると、さすがにくたびれた。四日目は、ぐっすり眠って、昼過ぎまで寝てしまった。

まだぼけた頭で顔を洗っていると、玄関のチャイムが鳴った。

「はい」

大声で返事をしておいて、タオルで顔を拭きながら玄関へ。——チャイムが鳴る度に、玄関を開ける度に、そこに圭子が立っているのではないか、という気がして、胸がときめく。

だが、立っていたのは、二人の男——それも、あまり話して楽しい相手ではなさそうな印象の男たちだった。

「何かご用ですか？」

「吉沢邦夫さんですね」

「そうですが」

「警察の者です」

と、手帳を覗かせて、「二、三伺いたいことがありまして。署までご同行願えませんでしょうか」

「一体何です？」

吉沢は一度に目が覚めてしまった。

「奥さんが行方不明とか」

「ああ。——ええ、そうなんです。届け出れば良かったんでしょうが。申し訳ありません」

「通報がありましてね」

「そうですか。じゃ、きっとこの近所の方が——」

「誰かは分かりません」

と刑事は言った。「それによると、あなたは、奥さんを殺したということです」

4

取調室へ入って、吉沢は目を丸くした。

そこに、木戸昌代がいたのだ。

「吉沢さん、あなたまで――」

「どうしてあなたがここに？」

「誰かが私のことを密告したんです。夫を殺した、といって」

吉沢は、ただ面食らうばかりだった。

「参ったな！　一体どういうことなんだ！」

「ともかくおかけになって」

と、昌代が空《あ》いた椅子をすすめた。

「どうも……」

「あそこに鏡があるでしょう」

と、昌代が言った。

部屋には、吉沢と昌代の二人だけだった。刑事たちは何をしてるんだろう、と吉沢は思っていた。

「あの鏡が何か?」

「ハーフミラーなんですよ」

「ハーフミラー? つまり半透明の?」

「こっちからは鏡、あっちからは透かして見えるわけですね。私たちが何を話すか。前々から知り合いだったかどうか、刑事さんたちが見ているんだと思いますわ」

「やれやれ。警察も見当違いのことを……」

「でも誰がそんな密告をしたんでしょう? 分かりませんわ」

「こっちもですよ」

「奥様の行方、手がかりはありまして?」

「全然です」

と、吉沢は肩をすくめた。「これで女房殺しじゃ、泣くに泣けないな」

「本当に腹が立ちますね」

と、昌代は言った。

刑事たちが入って来ると、二人は別々の部屋で訊問《じんもん》された。

逮捕されたわけではないので、あれこれとしつこく同じことを訊かれて、ウンザリしたが、それを我慢して夜まで頑張ると、帰してくれることになった。

「木戸さんは？」

「さっき帰しましたよ」

「そうですか……」

吉沢は外へ出ると、電話ボックスに走って、自宅へ電話した。

「パパ！」

容子がびっくりしたように、「留置場から？」

「馬鹿言え！」

「何だ、出て来たの？　保釈金は？」

「逮捕されたんじゃない！　ただの事情聴取《ちょうしゅ》なんだ」

と強調する。

「何だつまらない。でも、もうこの辺、広まってるよ」

「広まってる？」

「パパが逮捕されたって。あの木戸さんって人と共謀して、ママを殺してね」

「お前――いじめられなかったか？」

「別に」

容子は平然と、「父親が殺人犯なんて、漫画のヒロインみたいで、カッコいいじゃない？」

吉沢は、我が子ながら、その頭の構造はもはや想像を絶している、と思った……。


一日、警察で潰《つぶ》してしまって、次の日は土曜日だった。

圭子がいなくなって、もう半月以上になるのだ。――まだ、いく人か、会って話を聞こうという相手は残っていたが、あまり希望は持てなかった。

午後、容子が学校から帰ると、出かける仕度をした。そこへチャイムが鳴った。容子が、

「警察だったら、玄関で食い止めるから、屋根伝いに逃げるのよ」

などと言って、ウインクして見せた。吉沢は、つい笑ってしまった。

「――木戸さんよ。それと……」

と、容子が顔を出す。

入って来たのは、木戸昌代と、丹沢医師だった。

「どうも……」

吉沢は、二人にソファをすすめると、

「わざわざおいでいただかなくても、こちらから出向きましたのに」

と言った。

「実は……」

丹沢医師が重々しい調子で言った。「昨日、警察の人が来ましてね。どうも、びっくりしました」

「それはどうも、ご迷惑を――」

「いや、お二人が、どうも奥さんとご主人を殺したなどという疑いをかけられているのでは……これはやはり黙っていられない、と思いまして」

「つまり――何かご存知なんですね」

丹沢は深々と息をついて、言った。

「圭子さんはガンで――もう手遅れの状態なのです」

吉沢は、思ってもみない言葉に、しばし呆然としていた。ドアの所に立っていた容子が、

「やだ！」

と呟いて息を呑んだ。

「私の主人も、同じだったんです」

と、木戸昌代が言った。「丹沢先生から、その先生に話していただいて、本当のことが分かったのです」

「しかし……それを圭子は知っているんですか？」

「ええ。――もちろん、原則として、当人には知らせず、ご主人にお知らせするのが普通なのですが、奥さんは、もう自分で察しておられましてね。それに――私も他の患者と同じに接することができなくて、結局隠し通せませんでした」

丹沢は、少し間を置いて続けた。「事実を知ると、奥さんは、このことは自分で夫に話をするから、先生からは絶対に言わないでほしい、と何度も念を押したのです。自分が一番いいと思う方法で、夫に知らせますから、たとえ、夫が訊きに来ても、決して言わないと約束してくれ、と……。私も医者としての立場を越えて、約束させられてしまったのです」

「伺ってみますと――」

と、昌代が続けて、「主人も全く同じでした。しかも、残る寿命が、せいぜい半年というところまで同じ。やはり、自分でも予想して、あれこれ調べていたものらしく、お医者様から事実を訊き出すと、妻は心臓が弱いので、言ってくれるな、と約束させたのだそうです」

「すると、二人はあそこで偶然出会って——」

「同じ宣告を受けた者同士が、たまたま一緒になったんです。その前にも、たぶん話ぐらいしていたんじゃないでしょうか。——二人して打ちあけあって、そっくりの立場にいることが分かった……」

「半年の寿命が、入院して治療を受けても、倍と延びるわけではありません」

と、丹沢は言った。「お二人は、多額な費用をかけて入院するよりは、その後の相手の生活のことを考えたのではないでしょうか」

吉沢は、まだ現実感がなかった。

「しかし——それなら、病院から入院しろという連絡が来るんじゃありませんか？」

「入院するときは、もう少し近くの病院にする、と言われたんです」

と、丹沢は言った。「確かにあそこは遠いし、方向違いで、ご主人が寄るにも不便ですからね。私も、この近くで、いい病院を紹介して、診断の結果を送っておいたのですが……。病院は忙しいですからね。来るのを待っていたんでしょう」

「それじゃ、圭子は、そちらのご主人と話し合って……」

「お二人で……もしかしたら……」

二人で死ぬ気かもしれない、と吉沢は思った……。

丹沢が帰った後、しばらく誰も口を聞かなかった。

「――ママを捜そうよ」

と、言い出したのは容子だった。

「そうね、本当に。でも二人がどこへ行ったのか……」

「私だったら」

と容子は言った。「新婚旅行で行った所にするな」

「雲仙《うんぜん》は遠過ぎるんじゃないかな」

と吉沢が言うと、昌代が目を見張って、

「まあ。うちも雲仙でしたわ」

と言った。

「飛行機の予約を！」

吉沢は電話に飛びついた。


窓の中に、圭子と木戸の姿があった。

和室の窓側の板の間に置かれた応接セットに、向かい合って腰を下ろしている。

吉沢と、容子と、木戸昌代の三人は、庭の植え込みの陰から、それを見ていた。

　少し開いた窓から、二人の声が洩れ聞こえて来る。

「――予定通り、進んでるでしょうか？」

　と圭子が言った。

「どうかな。後は家内とあなたのご主人の二人の問題ですから」

　と、木戸が言った。

「奥様のようなしっかりした方のほうがいいんです、うちの主人は。ちょっとだらしのないところがありますし。娘に、年中怒られてるくらいですもの」

「いや、心配なのは、家内とお宅のお嬢さんですが」

「あら、それはご心配いりません。あの子はそりゃあしっかり者で。押し売りが来ても、私が怖くて出て行けないと、代わりに出て追い返すくらい。――逃げた母親を慕《した》って、どうこうなんてことはありませんん」

「そうですか。いや、一度お会いしたかったな」

　と、木戸が笑った。

「本当に……うちの主人とお宅の奥様とで、うまくいくといいんですけど」

「家内もまだこれからですからね。一生未亡人で終わらせたくない」

「主人とは逆に、娘がしっかりしていますでしょう。私なしでもやって行くでしょうから、却って、面倒がって、やもめで通すんじゃないかと……。娘が結婚するとき、お荷物になっても困りますものね」

圭子が、笑った。いつもと同じ笑いだ、と吉沢は思った。

「行こうよ」

グスン、とすすり上げて、容子が父親の腕を引いた。

三人は、そっと植え込みの陰から離れた。

「――全く、何て奴だ」

と、吉沢は苦笑した。「亭主を子供扱いして……」

「どうなさいます？」

と、昌代が訊いた。

「私は、後わずかでも、女房のそばにいてやりたいですね。今まで散々苦労ばかりかけて来た。それを償《つぐな》わせもしないで、勝手に死ぬとはけしからんですよ」

何となく、三人は笑った。今までに、こんな風に笑ったことはない、と自分でも思った。

「私も、主人にくっついて、離れませんわ」

「それがいい。――じゃ、部屋を二つとって、それぞれ、新婚旅行の思い出にでも浸《ひた》りますか」

「すてきですね」

「三つじゃなくていい？」

と容子が言った。「私、邪魔なら一人で泊まるわよ」

「生意気を言うな！」

と吉沢が笑いながら言った。

「でもさ、警察に密告の電話したの、誰なんだろうね。おかげで二人が見付かったけど」

昌代が、ちょっと照れくさそうに、

「あれは、私なんですの」

と言った。

「あなたが？」

「丹沢先生が、どうも何か隠しておられるような気がして。――奥様の検査のとき、あの診察室から出なかった、とおっしゃったでしょう？　検査って、病院中、あちこち引っ張り回されるものですわ。だから、おかしいと思ったんです。で、殺人の容疑がかかっていると分かれば、きっと本当のことを話して下さるだろうと思って……」

「おばさん、頭いいね！」

と、容子が目を輝かせた。

「ありがとう。——じゃ、あの部屋へ参りましょうか」

「そうですね」

三人は、フロントでもう一つ部屋を取ってから、圭子と木戸のいる部屋へ向かって、歩いて行った。

その様子は、誰の目にも、静養に来た親子連れ、としか見えなかったに違いない。

1

「どうってこたあねえよ」

いささかやくざっぽい口調で言って、月代和也《つきしろかずや》は、ネクタイを引きちぎらんばかりの勢いでむしり取った。

「——ああ、暑い、暑い」

やけつくような一日だった。夜になっても、熱気は居座ったまま、一向に動こうとしなかった。

「でも、首相はいらしたんでしょ」

と妻の邦子《くにこ》が、月代の上衣をハンガーへかけながら言った。

世界は破滅を待っている

「一応はね」

月代はランニングとステテコという、甚《はなは》だ日本的スタイルになると、「食うもんないのか？」

と、茶の間へ座り込んだ。

「お食事、出たんじゃないの？」

「出た、って言っても、立食パーティだぜ。それもたちまち食い物は品切れさ」

「税金で開いてるんだから仕方ないわね」

と邦子は微笑《ほほえ》んで言った。「お茶漬けでも一杯食べる？」

「ああ、頼む。――全く、足が疲れちまったよ」

月代はゴロリと横になった。

「パパ、帰ってたの」

一人娘で、十四歳になる美子《よしこ》が、風呂上がりで、バスタオルを体に巻いて入って来た。

「おい、何だその格好は」

「人のこと言えるの。パパはどう？」

「お前は嫁入り前だぞ」

と月代は言った。「早く自分の部屋へ行ってろ！」

「はーい」

スラリとのびた長身。もう母親の邦子を追い抜いて、月代にも迫っている。

月代和也は四十一歳。邦子は三十九歳だった。――月代は、我が娘の、もういい加減女っぽい曲線を見せ始めた体つきを、寝転がったまま見送っていたが、

「後藤《ごとう》首相はどんな感じ？」

と邦子に訊《き》かれて、起き上がった。

「TVで見る通りさ。割合《わりあい》小柄《こがら》だぜ」

「あら、そうなの。ずいぶんスマートで背が高く見えるのにね。ちょっとがっかりだわ」

月代は、ある出版社の編集者である。――新たに三カ月前に首相の座についた後藤宗一郎《そういちろう》が、ジャーナリストを招いて雑誌の懇親《こんしん》の集《つど》いを開くことになって、それに出席して来たのである。

本来なら、編集長が出席するところであったが、たまたま親類に不幸があり、副編集長は校了《こうりょう》にぶつかって外《はず》せない。

そこで比較的早目に担当の仕事の終わるコラム受け持ちの月代に、お鉢《はち》が回って来

たというわけであった。

話を聞いて、邦子は大喜びだった。何しろ狭苦しい団地住まいで、奥さん同士にもそれなりのライバル意識がある。

普通のサラリーマンのように、係長や課長といったポストのない編集者という仕事は他の奥さんへ向かって、

「うちの主人は今度××課長になりましたのよ」

といった自慢のできない職業なのだ。特別虚栄心《きょえいしん》が強いわけではないが、それでも、いつも聞かされる一方で面白くなかった邦子としては、夫が首相のパーティに招かれるという、絶好の自慢のタネが出来たわけなのである。

「パーティは盛況だった？」

「大して広くもない会場へ詰め込むから、人いきれで大変さ」

「首相とは話をしたの？」

「いや、SPががっちり固めてるからな」

「まあ、そうなの。つまんないわね」

「殺されたくないんだろう」

後藤宗一郎は、首相としては、誠に珍しく、ロマンス・グレーといってもいい好男

子である。スマートな長身に、英国仕立てのスーツがぴったりと合って、半ば白くなった髪が、形よく波打っていた。

ともかく、これほど人気の高い――特に女性層に――首相は、初めてだといってもいいだろう。

いわゆる派閥人事の行き詰まりから、全く偶然のように生まれた首相だったが、指導力を予想以上に発揮して、ジャーナリズムや世論もおおむね好意的であった。

今の内だけさ、と皮肉な目で眺《なが》める者も、もちろんあったし、それは事実かもしれないが、少なくともその悪口も、表立って活字になることはなかった。

婦人連《ふじんれん》の人気が高いということは、ジャーナリズムとしても無視することが出来ないのである。

「でも、一人一人に握手して回ってたぜ」

「そう。それじゃあなたも首相と握手をしたの？」

「ああ」

月代はお茶漬けをかっ込みながら、「でもな、編集長としてだぜ」

「え？」

月代が胸に付けていた名札は、〈J出版・大村一生《おおむらかずお》〉であった。編集長名で招待されているので、本来ならば、代理は認められないのである。

しかし、そんなことを気にしていてはジャーナリストはつとまらない。月代が知っている限りでも、三分の一は、当人以外の人間が出席していた。

ＳＰ四、五人に囲まれた後藤首相が、自分のいるテーブルのほうへやって来ると、さすがに月代も多少緊張した。

逃げ出しちまおうか、とも思ったのだが、首相は真っ先に、月代の前で足を止めたのだった。

「ようこそ」

と、後藤首相は手を差し出した。

「Ｊ出版の――大村です」

名札と違っていては妙なものだ。月代は編集長の名を名乗った。

手が、思いがけず力強く握られた……。

「素敵じゃないの！」

邦子はご満悦《まんえつ》である。「みんなに言ってやろうっと」

「よせよ」

月代は苦笑した。「でもどうして……」

「え？――何か言った？」

月代はちょっと間を置いて首を振った。

「いや……。何でもない」

おかしかったのだ。何かが、妙だった。――それは、握手をした瞬間の、ほんの一、二秒のことだった。

月代にはさっぱり分からなかった。

「J出版の――大村です」

首相がにこやかに手を握った。月代はつい握手をし、かつ頭を下げるという、日本的挨拶をしていた。

顔を上げて、後藤首相と月代の視線が合った。――そのときだった。

首相の顔から、微笑《びしょう》がかき消すようになくなった。目が見開かれ、顔は、まるで幽霊でも見たようにこわばった。

その唐突さに、月代は驚いた。そして、また、突然に、首相の顔には、微笑と、人なつっこい表情が戻った。

「今後も活躍して下さい」

と首相は言って、他の編集者のほうへと移って行った。

月代は呆気《あっけ》に取られて、しばし、水割りのグラスを手に突っ立っていた。

今のは何だ？　どういうことなんだ？

月代は、ジャーナリストたちと次々に握手をし、言葉を交わして行く後藤首相の顔に、じっと視線を注いでいた。しかし、二度と、あんな驚きの表情は、首相の顔には現われなかった……。


何だろう、あれは？

月代は風呂へ入って、のんびりと湯舟に浸《ひた》りながら考えていた。——気のせいだったのだろうか、とも思ってみる。

しかし、どうしてもそれで自分を納得させることはできなかった。

見間違いや、思い違いでは、絶対にない。あれは、思いもよらなかった人間に会ったときの反応である。

それも、まるで死んだはずの人間に会ったとでもいうような……。

だが、どう考えても、月代は首相と会ったことも話したこともなかったのだ。それなのになぜ、あんなに首相は驚いたのだろうか？

思い当たることはまるでない。

死にかけた、といえば、五、六年前に、一度バスが崖《がけ》から転落したときぐらいのものだ。

全く月代は幸運だったのだが、山の中の温泉町で、次の町へ向かうそのバスに乗り込んだのに、途中で、忘れ物に気付いて、降ろしてもらった。

その直後、バスは崖から転落したのだった。――生存者は一人もいないという惨事《さんじ》であった。

しかし、あの事故は、本当にただの事故で首相とは何の関係もない。

あの驚きの表情は、一体何だったのだろうか？

「――何を考えてるの？」

その夜、ベッドへ入ってから、邦子が訊いた。

「うん？　いや……何でもないよ」

こんなことを邦子へ話してみても仕方あるまい。「美子は寝たのか？」

「ええ」

「もう試験は終わったのか？」

「今日で終わりですって。後は夏休みよ」

「そうか……」

美子の試験中は、何しろ狭いアパートなので、控えざるを得ない。久しぶりで、月代は邦子の体へ腕を回した。

そして——ふと顔を上げた。

「どうしたの？」

邦子が訊いた。

月代は、あの後藤首相の顔を、どこかで見たことがある、と思った。——今、急に思い出したのである。

だが、それがいつ、どこのことであったのか、思い出せない。ただ、どこかで会った顔だ。それだけを思い出したのである。

「なあ」

「何よ？」

「後藤首相の顔、どこかで見たことはないか？」

「年中見てるじゃないの、ＴＶで」

「そうじゃないよ」

と月代は苛々《いらいら》と首を振った。「以前にだ、どこかで知っていた人のような気がするんだが……」

「まさか」

と、邦子は笑った。「そんなはずないじゃないの。首相になろうって人が、こんな団地に住むわけもないし」

「そりゃそうだな」

と、月代は言った。気のせいかもしれない。確かに、そんなことがあるはずはない。

「ねえ……」

邦子が身体をすり寄せて来る。月代は妻の体を抱きながら、それでも、何となく、まだすっきりしない気持ちであった。

それにしても、女房を抱こうとして思い出すというのはどういうことなのだろう？

まあ、ただの勘違いにすぎないのかもしれない。そう気にすることはあるまい……。

三日後の朝、月代は欠伸《あくび》をしながら、家を出た。同じような建物が立ち並ぶ、何の変哲もない団地の風景である。

普通のサラリーマンなら、朝七時半から八時の間に出なければ九時にオフィスへは着けないが、編集者という職業は朝が遅い。

大体十時から十一時の間に出社すればいいので、そうなると当然、遅いほうの時間に合わせる者が大部分である。その代わり仕事があるときは土曜も日曜もなし。夜中でも明け方でも、働かなくてはならないのだ。

結局どこかでバランスが取れるようになっているのである。

この朝は、少し寝坊して、家を出たのが十時少し過ぎであった。会社へ着くと十一時少し過ぎになろう。

それでも別に遅刻扱いになるわけではない。月代の勤めている出版社には、かつて、毎日夕方にならないと出社して来ないという強者《つわもの》がいた。そして仕事がなければ一時間ぐらいでさっさと帰ってしまうのである。

それでも別にクビになるでもなし、上役から注意を受けるでもなかった。ちゃんと本を出し、それがどれもよく当たって売れたのである。

だが、今の編集者にはそんな者はいない。みんながもっと真面目であり、そして個性というものもなくなって来ている。

「最近の編集者はサラリーマン化している」

と言った作家がいるとか。――妙な言葉である。編集者というのは本来サラリーマンなのだから。

しかし、そう言いたくなる作家の気持ちというのも、月代には何となく分かるような気もする。

団地から駅までは約十五分の道のりである。バスもあるが、バス停が遠いので、時間的には却《かえ》って歩いたほうが早い。

もうすっかり夏である。

出る時間が遅いので、却って暑さはきびしくなる。月代は、また欠伸をしながら、駅への道を辿《たど》って行った。

団地のほうからは、駅が低い位置になるので、駅前広場へ向かって、階段を下りるようになっている。

「まずいな……」

と、月代は舌打ちした。

編集長の大村の姿が見えたのである。同じ駅で、反対側の分譲住宅に住んでいるのだ。

別に遅いからといって文句は言われないにせよ、やはり、少々バツの悪いものである。

大村のほうは月代に気付かない様子で、それがくせになっている、まるで競争まがいの速い足取りで、歩道をやって来た。

駅の側へと、横断歩道を渡る。

月代は、階段の途中から、その様子を見下ろしていた。

大村が横断歩道へ足を踏み出して、二、三歩行きかけたときだった。

すぐ近くに停めてあった車のドアが開いて男が一人、飛び出して来た。何か銀色に光る物をつかんで、大村のほうへと駆け寄る。

「危ない――」

口の中で呟いたが、大村へ聞こえるはずもない。

それは悪い夢のようだった。

男が、ナイフを大村の背中へ突き立てた。大村は、何が起ったのか分からない様子で振り向いた。男が車へ向かって駆け戻る。

大村は歩き出した。――月代は、身動きもできず、その様子を見守っていたのだ。

車がフルスピードで走り去る。大村は、背中にナイフが突き出たまま、横断歩道を渡り終えた。

そこで、急に、大村の膝が崩れた。

「編集長！」

月代は、やっと足が動くようになった。階段を駆け下りる。

大村がゆっくりと、まるでスローモーションの映画でも見るように、倒れた。

月代が駆け寄って抱き上げる。大村はもう、意識もないようだった。

通行人が数人、立ち止まっている。

「救急車を呼んでくれ！」

と、月代は叫んだ。「早く！　誰でもいい！　救急車を呼んでくれ！」


「だめでした」

医師は、至って素っ気ない調子で言った。

「心臓を刺されているんですからね」

「じゃ……亡くなったんですか」

月代は、分かり切ったことを訊いた。

「残念ですが。——ほとんど即死と言っていいですね」

「そうですか」

「極めてみごとな手口ですよ。一突きでピタリと心臓を貫いてる。いや、実にみごとですよ」

何だか医者は犯人の手際《てぎわ》に感心しているようだ。月代は少々腹が立った。

「医者になったら成功したでしょうな、犯人は！」

と言ってやると、医師のほうも気が付いたのか、

「ああ――いや、別に犯人を賞《ほ》めているわけじゃありませんから」

と言い訳して、「じゃ、警察へ報告しなきゃなりませんので」

と行ってしまう。

月代は、急に全身の力が抜けたようで、廊下に置いてあるベンチへペタリと座り込んでしまった。

会社へ連絡しなきゃならない。編集長の家族にも……。

そう思っても、呆然自失して、体のほうが言うことを聞かないのである。

「失礼」

と声がした。顔を上げると、

「金子といいます。N署の者です」

若々しい刑事である。たぶん三十代も、せいぜい半ばというところだろう。

「はあどうも」

「月代さん、でしたね？」

「そうです」

「被害者をご存知でしたか？」

「ええ」

月代は大村のことを説明した。

「なるほど」

と金子という刑事はメモを取って、「で、犯行を目撃されたとか」

「ええ。少し遠くからですが」

「犯人に見憶えは？」

「いや、全然ありません」

「確かですか？」

「まあ……離れていましたからね、そうはっきり顔が見えたわけでもありませんが」

と考えながら、「でも、知っている男とは見えませんでしたね」

と言った。

ふっと、妙な連想が湧いた。後藤首相のことを、何となく見憶えがある、と思った。

あれと、どこか似た感じを、抱いたのである。

が、それも一瞬のことでしかなかった……。

「どんな男でした?」

月代は、刑事の質問に答えて、必死で、あれこれと思い出そうとしたが、却って努力するほど記憶と想像がごちゃまぜになって、分からなくなってしまうのだった。

「まあ、少し落ち着いてから、もう一度考えて下さい」

と金子は言った。

「すみませんね」

「いや、誰でもそうですよ」

「車のナンバーは見えなかったし、車の型も自分で運転しないものですから、さっぱり分からんのですよ」

月代は申し訳なさそうに言った。

「他に誰か車に乗っていましたか?」

「さあ……。しかし、乗っていたでしょうね、きっと」

「なぜそう思うんです?」

「車がスタートするのが凄く早かったんですよ。犯人が飛び乗って、ほとんど同時に走り出した。自分で運転したにしては早すぎましたよ」

「なるほど」

金子は肯《うなず》いた。

「あの――事件のことを連絡したいのですが――」

「ああ、そうでしたね。じゃ、病院の電話を借りましょう」

金子は先に立って歩いて行くと、病院の受付で電話を借りた。「――どうします？」

「え？」

「ご家族へは、私がかけましょうか」

「そうですね。そうしていただければ……」

「分かりました。いや、こういう電話は私のような立場の人間のほうがいいのですよ」

金子が、月代から聞いた番号を回す。「もしもし、大村さんの奥様ですか。こちらはN署の者です。実はご主人が……」

月代は、金子の淡々とした話し方に、じっと聞き入っていた。確かにそうだ。取り乱した人間がかければ向こうも取り乱すに違いない。その点、金子の話し方は、冷静で、それでいて、素っ気ないというわけでもない、巧みなものだった。

しかし、分からない。なぜ、編集長が殺されたのか？

月代たちが編集に当たっている雑誌は、別に思想的な色彩の強いものではない。むしろどちらかといえば保守的で、左のほうから文句を言われてもいいようなものであった。

暴力で報復《ほうふく》を受けるような記事は、書いていないのだ。

といって、あの犯人は、どうも個人的な恨みで大村を襲ったとは思えなかった。ナイフで一突きの、あの手際から見ても、右翼か、暴力団か……。

「――すぐかけつけて来るでしょう」

と、金子が言った。

「どうも。――じゃ、社へ連絡を入れますので」

月代は編集部へ電話した。向こうのあわてぶりが目に見えるようだ。ともかく、副編集長の一人が代行として事務所に残ることにして部員の半分はこっちへ来てもらう、ということにした。

受話器を置いて、ホッと息をつく。

「どうでしょう」

と金子が言った。「犯人の心当たりはありませんか」

月代は自分の考えを述べた。金子は肯いて、

「そうですね。すると、個人的な恨みという線は薄いかな。しかし、外と内の生活が全く違うという人もありますからね」

あの大村が？――月代にはとてもそうは考えられなかった。

月代は一応自分の家にも電話を入れた。邦子は大村とも会ったことがあるだけに、びっくりして、言葉が出ないようだった。

「だから今日は遅くなる」

と月代は言った。

「ええ。分かったわ……」

「何時になるか分からん。先に寝ていてくれ」

「ええ、あなた――」

「何だ？」

「いえ……何でもないの。奥さんには――」

「ああ、もうすぐみえると思うよ」

電話を切って、月代は、急に疲れを感じた。蒸し暑さが、肌にまとわりついて来るようだ。

病院のせいもあるのだろう。あまり冷房は入っていない。

「葬式も暑いだろうな」

　ふっと、月代は呟いた。

2

　暑い、なんてものではなかった。

　今年一番の暑さ、とラジオのニュースは告げていた。午前中から、三十度を越えて、気温はぐんぐん上昇していた。

　葬儀の日。――月代は上衣を脱いで腕にかけていたが、それでも汗は背中を伝って落ちて行った。

　焼香客《しょうこうきゃく》はかなり多かった。出版社、印刷所関係がほとんどである。

　邦子もやって来て、焼香して行った。

「――美子は?」

「お友達と出かけてるわ。今日は夕方になる?」

「そうだな。社へ寄っていかないといかんし……」

「夕食はどうする?」

「七時頃には帰るよ」

「分かったわ」

と行きかけて、「あら、凄い車」

と邦子は言った。

月代もびっくりした。黒塗り、大型の、どっしりとした高級車である。一体誰だろう?

ドアが開いて、中から、役人然とした、いささか傲慢《ごうまん》な顔つきの男が出て来た。

「何だか感じ悪いわね」

と邦子は言って、帰って行った。

「——おい」

副編集長の吉田がやって来た。「今の、誰だと思う?」

「さあ」

「首相の秘書だとよ。後藤首相の代理だ」

「首相?」

「そう。うちの編集長、結構大物だったのかもしれないな」

と吉田は言った。

月代はどうにも奇妙な気がしてならなかった。一介《いっかい》の編集者の葬儀に、なぜわざわざ首相が代理をよこすのか？

月代は、少し離れた所に停まっている大型車のほうへ目を向けた。

「変だな」

なぜ、あんな離れた所に停めているのか。どうせなら、前へ来ればいいではないか。

ふと、自分の名前が耳に入った。振り向くと、吉田が、その首相の秘書と何か話している。秘書が車のほうへ歩いて行くと、吉田がやって来た。

「おい、月代」

「え？」

「今の秘書がな、お前のことを訊いて行ったぜ。何かあるのか？」

「そんなことありませんよ」

「しかし、お前の顔を見て、あの人は何という名前なのか、ってさ」

「教えたんですか？」

「いいだろ？　隠すこともあるまい」

「そりゃそうですが」

しかし、あまりいい気持ちでもない。「他に何か？」

「いや、名前を教えてやったら、『ありがとう』と言って帰ったよ」

月代は、大型車へ乗り込む秘書のほうをじっと見ていたが、車の中で、運転手、秘書の他にも、誰かの影が動くのを見た。

月代は車のほうへと歩いて行った。

車は月代のほうを向いている。いずれにしてもすれ違うはずだ。中をチラリと覗《のぞ》くことはできるだろう。

車が動き出した。月代は面食らった。車はバックし始めたのだ。

月代は足を速めた。車がぐんぐんとバックして行く。そして曲がり角へ来ると、一気に向きを変えて、タイヤをきしませながら、突っ走って行く。

月代は車を見送って、ホッと息をついた。少し歩くと、たちまち汗が全身から吹き出す。

確かにいた。——もう一人、誰かが乗っていた。車がカーブして行くとき、チラリとしか見えなかったが、それはどこかで見たことのある人間のように思えた。

まさか、とは思ったが、それは後藤首相のようにも思えたのである……。

その夜、帰りは八時過ぎになった。

昼の暑さのわりに、夜はいくらか楽で、風が汗を吸い取るようにかすめて行く。

団地の中をぶらぶらと歩いて、家へ帰り着くと、邦子が、

「お風呂へ入って、さっぱりしたら?」

と出て来て、上衣を取った。

「ああ、そうするか」

月代は大きく伸びをした。「美子は?」

「峰塚《みねづか》さんの所へ泊まって来るって」

「ふーん」

峰塚というのは、この団地の中の、家族ぐるみの付き合いをしている家のことである。

美子と同学年の女の子がいて、大の仲良しであった。

「迷惑じゃないのか?」

「いいわよ。たまにはあちらも泊まりに来るんだから」

「どうした?」

月代は、ふと邦子の顔を見つめた。

「え!」

「目が赤いぜ」

「そう。ちょっと昼寝してたからじゃないかしら」

「そうか。泣きはらしたように見えるぜ」

邦子は微笑んで、

「いくら大村さんが亡くなったからって、泣いたりしないわ」

と言った。「お仕事のほうが大変ね」

「吉田さんが編集長ってことになりそうだよ」

「そう。じゃ、あなたが副編集長?」

「そいつはどうかな。順序だけじゃないから……」

ほぼ、内定という知らせは受けていたのだが、本決まりまでは黙っていようと思ったのである。

「あの車、誰だったの?」

と邦子が訊いた。

「え? ああ……。総理大臣さ」

「まさか」

冗談だと思ったらしい。邦子は笑って、それ以上何も言おうとしなかった。

「月代君」

吉田編集長が呼んだ。

「はい」

月代は副編集長だ。大村編集長の死から一週間が過ぎていた。

何が起ころうと、仕事は進んで行かねばならない。大村の死と、その後の混乱で、月代も大村の死をめぐる出来事を忘れかけていた。

「用ですか?」

「警察から、君に来てほしいとさ」

「警察?」

「そうだ。半日ほどでお帰ししますというんだ。大村さんの事件じゃないのか」

「分かりました」

「パトカーで迎えに行くから下へ出て、道の反対側で待っててくれってことだ」

「へえ、ご親切ですね」

「最近は大分サービスが良くなったんじゃないのか」

月代は急ぎの電話を二、三本入れて、外へ出た。

ひどくむしむしする日で、熱気が一面に立ちこめている。たちまち汗がにじみ出て来て困った。

ビルの前は、ちょうど横断歩道がない。右へ行っても左へ行っても、五、六十メートルは歩かなくてはならないのである。

そう交通量の多い道でもない。正面を渡ってしまおう、と思った。

車の流れが途切れた。月代は小走りに車道を渡り始めた。ありふれた白い乗用車が走って来る。だが、充分に距離はあった。

足を早めて道の半ばへ来たとき、ブウーンとエンジンが唸る音がした。

白い乗用車が猛然と突進して来た。足を止めなかったのが幸いだった。

反射神経のそう鋭いほうでない月代が走り出したとき、もう車は目の前に迫っていた。

車は風圧を感じさせながら、月代の背後をかすめて行った。

月代は歩道へ飛び上がって、そのまま尻もちをついてしまった。

気を取り直して、車の走り去ったほうを見たが、もちろん、白い車は影も形もなかった。

「いや、私じゃありませんよ」

金子刑事は言った。「すると、おびき出されたというわけですか」

「そのようです」

月代はタバコをくわえた。手の震えが、やっとおさまった。

月代の会社に近い喫茶店である。月代の電話に、金子は飛んで来てくれた。

「きっと大村さんを殺した犯人ですね」

と金子は言った。

「編集長を――いや大村さんを殺した犯人の手がかりはつかめたんですか」

「さっぱりです」

と金子は首を振った。「しかし妙ですねえ。あなたを殺そうとして、却って尻尾《しっぽ》を出すことになりかねないのに」

「私が何か見たと思ってるんでしょうか」

「見ていればとっくに話しているはずですよ。それを今になって……」

「違う犯人なんでしょうか？」

「何か恨まれる憶えでも？」

「いいえ、別に何も。まさか――」

「何です？」

「いや、ほんの冗談ですよ」

と笑って、「うちの編集部を皆殺しにするつもりかと思いましてね、犯人の奴」

だが、笑いは本当の笑いにならなかった……。

「……日本に核兵器が持ち込まれているのではないかという疑惑は政府の度重なる否定にもかかわらず、ますます根強くなっているようです」

TVのニュースアナウンサーを眺めながら、月代はぐいとビールをあおった。

「馬鹿らしいな、全く」

「あら、何が？」

と邦子が訊いた。

「日本に核兵器が持ち込まれていないなんて、誰一人信じちゃいないんだ。それなのに、首相は相変わらずの答弁だ。全く、それをくそ真面目に中継するTVもおめでたいよ」

「そうねえ」

邦子はちょっと眉をひそめて、「後藤首相だったら、もう少し違ったことを言うかと思ってたのに、がっかりだわ」

「妙なことを言ったら、たちまち首相の座を追われるさ」

「そうかしら」

「そうさ。派閥のバランスで、辛うじて首相の地位にしがみついてるんだからな。過大な期待は禁物だよ」

　TVの画面がチラついた。「――またか」

　頭上を、飛行機の爆音が、通り抜けて行く。米軍基地の航空路に当たっているとみえて、団地の真上をいつも飛んで行くのだった。

「このところ多いわね」

　と邦子が、天井のほうを見上げながら言った。

「そう思わない？」

「そうだな」

「あなたは昼間いないから、分からないわね。昼間からずいぶん飛んでるのよ」

「ふーん」

　月代はビールを注《つ》がせながら、「何かあるのかもしれんな」

と言った。

「まさか、と言ってる内に、いつの間にか始まってるのが戦争ってもんさ」

と月代は言った。

「でも、核兵器は使わないんでしょう」

「どうかな。人間だって一人じゃ死ねないと無理心中する奴がいる。分からないぞ」

「いやねえ……」

「そんな物を持ちたがる奴がいくらでもいる。——一旦なったら、もう後はきりがねえのにな。向こうより多く、もっと多く、もっと強力に……。雪だるまが永久に転がり続けるんだ」

「そんな物、一体誰が欲しがってるのかしら?」

「世界を滅ぼしたい奴がいるのさ」

と月代は言って、コップを取り上げた。

「ついでに自分もな」

ふと、何かが脳裏をかすめた。——ある記憶だ。何だったろう?

こんなことが、前にもあった。ビールを飲んでいる。何か話をしていたのだ。どこで?

分からない。どこかのバーか。

核の話。そうだ、核兵器のことをしゃべっていたのだ。

誰が、何としゃべっていたのか、思い出せない。〈核〉……。

急にドスンと凄い音がして、部屋が揺れる。

「何なの？」

邦子がちょっと青くなった。核兵器の話などしていたせいだろう。

「ジェット機だ。しかし、本当にひどいもんだな」

と、月代は首を振った。

「美子は遅いわね」

と邦子が言った。

「どこへ行ってるんだ？」

「峰塚さんの所よ」

「そうか。電話してみたらどうだ？」

「大丈夫よ。もう帰って来るでしょう」

と邦子が言い終わらない内に、玄関のドアがバタンと音を立てて開いて、美子が、転がり込むように入って来た。

「どうした？」

月代が駆け寄る。

「誰かが――」

美子は、真っ青な顔をしていた。

「何だって？」

「誰かが追っかけて来たの！　誰かが――」

と美子は叫んだ。

月代はサンダルをつっかけると、玄関から飛び出した。

「――誰もいないぞ」

戻って来て、月代は言った。

「ああ怖かった。――嘘じゃないのよ！」

「分かってるよ。もう大丈夫だ。落ち着け」

「うん」

と肯く。大分顔色も戻って来ている。

「誰だか見たか？」

「分かんない。一人じゃなかったわ。二人か三人」

「中学生か何かよ、きっと」

と邦子が言った。「いやねえ、本当に」

「違うわ。大人の人よ」

「見たのか？」

「チラッとね。――中学生なんかじゃなかったわ。大人よ」

「大人が二、三人で？」

誰が美子を狙ったりするだろう？――もしかすると、車で俺を狙った奴かもしれないのだ。

月代はゾッとした。もし美子に万一のことがあったら……。

「――ねえ」

その夜、ベッドの中で、邦子が言った。

「何だ？」

「何かあったの？」

「別に。――どうしてだ？」

「いいえ。何となくよ」

俺にもし何かがあったら、と月代は言いたかったが、言わなかった。

いらぬ心配をかけたくない。気のせいかもしれないのだ。だが万一ということもある。

「邦子」

月代は、車にはねられかけたことを話した。

「じゃ、あなた、狙われてるの？」

邦子は月代の胸にすがりついて、「どうするの？　何とかしなきゃ！」

「おい、気を鎮《しず》めろよ」

「だって——」

「ベッドにいりゃ、車にはねられたりしないさ」

と、殊更《ことさら》に冗談めかして言ったが、邦子はちっともおかしくないというように、

「気を付けてね、あなた！」

と唇を寄せて来る。

邦子を抱きながら、これじゃ却って注意が散漫《さんまん》になるな、と思った。

だが、美子がつけられたのは、序の口にすぎなかったのだ。——事件はその翌日から起こり始めた。

ガラスの砕ける音に、ちょうど朝の仕度をしていた邦子は飛び上がった。

「あなた！　あなた、起きて！」

と、月代を揺さぶり起こす。

「ど、どうした？」

飛び起きて行ってみると、窓の一つが派手に割れて、破片《はへん》が飛び散っている。

握《にぎ》り拳《こぶし》ほどの石が転がっていた。

「何のつもりだ、畜生！」

と月代はその石を握って怒鳴った。もちろん、石を投げた人間が、それを聞いているはずもないが……。

「おい」

「何？」

「美子に、気を付けるように言っとけ。必ず明るい内に、人通りの多い所を通って帰って来い、とな」

「ええ」

邦子は怯《おび》えたように肯いた。「私、怖いわ……」

「俺だってそうさ」

月代は表を見やって呟いた。

会社へ着いても、仕事が手につかない。留守中に何か起こっているんじゃないか、と思うと、気が気ではなかった。

「そうだ」

金子刑事へ、電話を入れてみた。何か手を打ってくれるかもしれない。

だが、金子は出張中で、二、三日帰らないという返事が来た。

「畜生！」

いざとなれば、警察へ保護願いを出すという手もある。

月代はあれこれと並べて、何とか気を落ち着かせようとした。

その日は、もう何事もなかった。

次の夜、月代は寝苦しさに目を開いた。

何かおかしい。——変だ。この匂いは……。

「ガスだ！」

月代は邦子を叩き起こした。目が刺すように痛い。頭が重い。

必死で窓を開け放った。

——ガスが出ているのは、台所の、ガステーブルの、元栓《もとせん》のホースが外れていたのだった。

幸い、美子の部屋は遠いので、何ともなかった。

頭痛と吐き気が、しばらく二人とも続いた。

「どうしたの?」

邦子は涙声になっていた。「私たちが何をしたっていうの?」

月代は、考え込んだ。ガスの管が外れた。これも普通に見れば、ただの事故としか見えないだろう。

石を投げ込んだのも、子供のいたずらと言われるだろう。——警察が果たして真《ま》に受けてくれるかどうか、怪しい、と思った。

しかし、一連の出来事が、偶然の産物であるはずがない。

何かあるのだ。

「邦子」

と、月代は言った。「お前、美子を連れて、田舎へ帰ったらどうだ?」

「あなたを置いて?」

「そりゃそうさ」

邦子はちょっと娘の部屋のほうを見たが、すぐに言った。

「それはいやよ」

「どうして?」

「あなたにもしものことがあったらと思うといても立ってもいられないわ」

月代は、妻の肩を抱いた。

「何とか手を打とう。――このままじゃ、どうかなってしまう」


思いがけず、次の日に金子から電話がかかって来た。

「ご出張だと聞いてがっかりしていたんですよ」

と月代は言った。

「どうも、早く用が片付いたものですからね。――何か?」

「実は妙なことが……」

と言いかけたが、会社の中では話しにくい。「すみませんが、会ってお話したいんですがね」

「分かりました」

金子は快く承知した。

二人は、昼休みに、喫茶店で会った。

「──そいつは危険だ」

金子は深刻な顔で、「なぜ保護願いを出さなかったんです？」

と言った。

「聞いてもらえないような気がして」

「そんなことはありませんよ。そのために警察があるんですからね。早速手配しましょう」

「よろしく」

と、月代は頭を下げた。「しかし、なぜ僕だけでなく、家族の者まで……」

「どうもなかなか、この事件の背景は広いようですね」

「でも大村さんは、そんな妙なこととは、何の関係もなかったと思いますがね」

「しかし、現実に、何かがあるのです」

と金子は言った。「どうも、大村という人を洗い直す必要がありますね」

金子は、保護を約束してくれた。月代は、いくらか気楽になって、会社へと戻った。

「あの──」

と、女の子が、「お手紙が」

「僕に？」

「はい」

〈私信《ししん》〉と書かれた、ごくありふれた封筒である。封を切って、中から便箋《びんせん》を取り出して、一瞬ヒヤリとした。

活字を切り貼《きば》りした手紙である。読んでみて、月代の表情はこわばって来た。

〈月代様〉

と手紙は始まっていた。〈あなたの奥さんは、大村編集長と浮気していたのです。ぜひ確かめてごらんなさい〉

そして、差し出し人は、〈あなたの友〉とあった。

「馬鹿らしい！」

と、月代は口に出して言った。

だが、その手紙は捨てなかった。――あのとき、邦子は目を泣きはらしてはいなかったか。昼寝していただけだと言っていたが……。

この手紙は、この一連の出来事と関係あるのだろうか？

今は、こんなことで、邦子と喧嘩していてはいけない、と月代は思った。手紙は折りたたんで、鞄《かばん》の中へと入れておいた。

気にならぬではない。――確かに大村は、女性関係が派手だったし、邦子も、何度か行き来して、互いに知っている。

家が近いので、会う機会はあっただろう……。

だが、今はだめだ。そんなことで、もめている場合ではない。

何かが、自分たちをつけ狙っているというのに。

月代は、ケーキを買って帰った。少しでも気持ちを引き立たせようと思ったのである。

「お帰りなさい」

と、邦子が出て来る。

「何もなかったかい？」

「ええ」

「よかった。——警察から、ちゃんと人をよこしてくれるよ。もう大丈夫だ」

「助かったわ。私たちより、美子のことが心配で」

「もう大丈夫さ」

月代は、邦子の肩を抱いて言った。「暑いな。風呂は？」

「ええ、沸《わ》いているわ」

「じゃ、入って来よう」

月代は、屈託のない口調で言うと、微笑んで見せた。

邦子に、何も気付かれまいと、緊張していたのだが、大丈夫だったようだ。

邦子にそんなことがあるはずはない。そんな気がした。

だが、美子が眠って、二人になると、邦子のほうから、

「お話があるの」

と言い出して、月代はドキッとした。

「何だい？」

「あなたの所にも来たでしょう」

「何が？」

「手紙よ。匿名《とくめい》の」

あれは邦子へも来ていたのか。何とも用意周到《しゅうとう》なことだ。

「ああ」

と月代は肯いた。「しかし、馬鹿げてるじゃないか」

「いいえ」

邦子は顔を伏せて、「あれは本当のことです」

「そうか」

と、月代は言った。――こんなときには、どうすればいいのか。殴《なぐ》るか。怒鳴るか。悶《もだ》え苦しんで見せるのか。そのどれも、今の気分にはぴったり来なかった。

「いつからだ？」

と月代は訊いた。

「一年くらい前。でも――会ったのは三度だけなの。本当です」

三度か、一度でないのが辛いところだな、と月代は思った。

「魔がさしたんだわ」

便利な言葉だ。しかし、今は皮肉を言っていても仕方ない。

「もういい。済んだことだ」

邦子はじっと夫の顔を見つめた。

「本当に……そう思っているの？」

「今はそれどころじゃない。何が起こるか分からないんだからな。――何もかもかたがついたら、思い切り引っぱたいてやるさ」

月代はちょっと笑った。

邦子が寝入ってしまうと、月代は一人で起き出して、ウイスキーを飲んだ。

やり切れない、というより、むしろホッとした気分だった。旅先の、名もない小さなバーで飲んでいる気分だ。

たまたま隣り合った客とあれこれ愚痴《ぐち》を言い合ったり、別に毒にも薬にもならない話をしたり……。

そんなときに似た解放感であった。

飲もうとして持ち上げたグラスが止まる。

「そうか……。思い出したぞ」

と月代は呟いた。グラスが、叩きつけるように置かれた。

3

金子刑事が、レストランへ入って来た。

月代は手を振って、金子を呼んだ。

「やあ、どうも。警察のほうは手配しましたが——」

「ええ、おかげさまで安心です。どうぞ」

「何です、私に重大な話とは？」

「ともかく食事をしましょう」

と月代は言った。「話の後じゃ喉を通らなくなりますよ」

「これはどうも大変な話のようですね」

「ええ、まあね」

月代は言った。——どんなに大変なことか想像もつくまい。

食事を終えると、月代はゆっくりと口を開いた。

「どこからお話すればいいのか、迷ってしまうんですがね。ともかく、これは事実です。——大村編集長が殺された理由、私が狙われている理由、犯人、何もかもが、五年前のあの夜のことに関わっているんです」

「五年前？」

「私は、ある温泉町にいました。取材のついでに立ち寄って、ほんの骨休《ほねやす》めのつもりだったのです」

月代はゆっくりと話を進めた。「夜、私は小さな町へぶらりと出て行きました。といって、そんなに歩く所もありません。自然、私は、小さなバーへと足を踏み入れました。——そこに、あの男がいたんです」

その男は、もういい加減酔っていた。

あまりアルコールに強い男ではないな、と月代は思った。

飲みなれない男が、無理に飲んでしまったという感じで、店のカウンターの奥に一人で何やら呟きながら座っていた。

月代が入って行ったとき、店の客はその男一人だった。男が月代に話しかけて来たのは当然のことだったろう。

「俺が何を考えてたか分かるかい?」

と男は言った。

「さあね。女房のことかな」

男は首を振って、

「違う! もっともっと大切なことだ。——教えてやろう。人間の未来について考えていたんだ」

「そりゃ大変だね」

「誰も本気で考えんからな」

男は苦々しげに言った。「人間なんかおしまいさ。未来なんてない」

「へえ、そうかね」

「人間ってのは一番醜《みにく》い生き物さ。互いに食い合い、殺し合う。人類の歴史はな、人間がいかに多くの人間を殺せるか。その能力の競争でできているんだ」

「そうかね」

「そうとも！　人間は悪くなりすぎた。もう救われんよ」

「じゃ、どうすりゃいいんだ？」

「再生さ」

　と男は言った。

「再生？」

「そう。歴史をやり直すんだ。今の文明、人類を全部滅ぼして、また歴史の初めから
やり直さにゃならん」

「また遠大な話だね」

　と月代は笑った。

「本気にしとらんね」

「いやいや、よく分かりますよ」

と、月代はあわてて言った。そういう手合いには逆らわないほうがいいのだ。

「いや、何も分かっとらん！」

　男は声を震わせた。「人間は汚ない！　もうきれいにする手立てはないのだ。火を

もって焼き尽くす他はない」

「火を？　放火でもするの？」

「そんなことではだめだ。生き残る者が必ずいる。一人残らず滅ぼしてしまわねばならんのだ」

男は、やおら月代の腕をつかんで、「聞いてくれ！　俺は一人で、これをずっとずっと考えつめて来た」

「うん」

「あんたにだけ教えてやる。あんたにだけ打ち明けるんだ。分かるか？」

「そいつはありがとう」

「俺は人間を憎んでる。汚ない、醜い生き物だからな。しかし——それは人間を愛しているからこそなんだ。分かるだろう？」

「分かるよ」

「その瞬間はさぞ辛いと思うんだ」

「その瞬間？」

「ボタンを押すときさ」

「何のボタン？」

男はじっと月代を見つめた。そこには何となく、ただの酔っ払いとは違った光があって、月代はふっと寒気がした。

「核兵器さ」

と男が言った。

「核兵器？」

「不思議だと思わないか」

と男は身を乗り出して来た。「あんな恐ろしい兵器を作ることを、なぜ神は人間にお許しになったのか」

「ふむ。なぜだい？」

「俺にもずっと分からなかった。悩んで、悩み抜いて来たんだ。神がいるのなら、あんなものを許すはずがない、と……」

「そうだね」

「だけど――ある日、突然、分かったんだ！」

男は目を輝かせて言った。「あれは神のご意志だったんだ！　人間を焼き尽くし、滅ぼして、新しい世界を造るための、手段だったんだ」

「神様もずいぶんひどいじゃないか」

と月代は言った。「世の中、悪人ばかりじゃあるまい」

「人間はみんな罪を負っているんだ」

男は、厳粛な面持《おもも》ちになって、言った。「俺には分かっている。俺だって罪を負っているんだ……。だが、神は俺に教えて下さった。核兵器をいかに使うべきか、あれが何のために存在するものかを。俺は選ばれたんだ」

「なるほどね」

月代はウイスキーのグラスを傾けて、「しかし、あんたはボタンを押すことで、自分も、自分の家族も、死なせてしまうんだぜ」

と言った。

「分かってるとも。——辛いことだ。だが、罪を負って生きのびるよりは、死んでしまったほうが、どんなにか本人のためにもいいか分からない」

「そんなものかね」

「そうとも、核兵器が、あの凄い高熱を出すのはなぜか分かるかね？　火で、罪を浄《きよ》めてしまうためだ」

科学者なら少々異論があるだろう、と月代は思った。男は続けて、

「火は総てを浄める。——核兵器が地上を焼き払った後は、総てが浄められているん

だ」

　核の汚染とは全く正反対の論が、面白いな、と月代は思った。宗教的な情熱にこり固まっている男にしては、上等な背広、ネクタイの紳士である。

　人は見かけによらないもんだ、と月代は思った。

「俺はいつかボタンを押す地位にまで上がる。必ず上がってみせる。――そうとも、俺はこの国の指導者になる」

　段々話がお定まりのパターンになって来たな、と月代は思った。

　ただ、変わっているのは、出世して、自分を振った女を見返してやるとか、別荘を建てるとかいう代わりに、人類を滅ぼそうというところだろう。

　多少高級と言えば言えるが、危険極まりない。

　こんな奴だったら、本当にやりかねないな、と月代は思った。

「俺は必ずやるんだ」

　男は言った。「世界中を神の火で焼き尽くしてやる！」

「男とは、そのまま別れました」

と月代は言った。

「それで？」

と、金子が訊く。月代の話のポイントがつかみかねているらしい。

「その翌日のことです。私はバスの転落事故に遭《あ》いかけて、危うく命拾いをしました」

月代はその事情を話して、「――つまり、本来なら私は死んでいるはずなのです」

「というと？」

「今になって思い出したのですが、あのとき、走り出したバスからホテルを見上げて、ふとあの男を見たような気がしました。すっかり忘れていたのですがね」

「つまり……」

金子は、まさか、という顔で、「そのバスの事故は、事故でなかった、とでも――」

「おそらくそうだと思います。乗客は全員死亡。そして原因は不明のままです」

「しかし、まさか――」

「目的は私の口を塞《ふさ》ぐためです。あの男は恐らく、酔いがさめてから、自分が秘密を打ち明けてしまったので、愕然《がくぜん》としたのでしょう」

「まさか本気で――」

「私も、本気だとは思ってはいませんでしたよ」

と月代は言った。「ついこの間、その男に出会うまでは、です」

金子が月代の言葉に目を見開いた。

「会ったのですか？　どこで？」

「首相のパーティです」

「首相？　後藤首相ですか？」

「ジャーナリストが呼ばれたのです。向こうは私に気付いてびっくりしました。それはそうでしょう。私はバス事故で死んだと思っているのですから」

「その男があなたを殺そうとした……」

「そのパーティには、大村編集長が招待されていたのです。都合で出られず、私が出てくれと言われました。しかし、名札は大村となっていました」

「だが、顔を知っているのでしょう。それなら間違えるはずはありますまい」

「当人は手を下しませんよ」

と月代は言った。「何しろ一国の首相ですからね」

月代は、重い足取りで、駅から団地への道を辿っていた。

暑く、やりきれない夜だった。

団地への道は、夜九時を過ぎた頃になると、もうほとんど人通りが絶えてしまう。時折、電車が停まると、何人かの乗客が固まって団地へ向かうが、その後は、もう人っ子一人いない寂しさだ。

月代は駅から家へ電話をした。――何となく、気になったからである。

「何もなかったか？」

と月代が訊くと、邦子の、

「大丈夫よ。お巡りさんも表にいて下さるし」

という、いつもと変わらない声が聞こえて来て、救われたような気がした。

浮気しようが、駆け落ちしようが、あいつは俺の女房だ、と月代は思った。

そして今――団地への道を辿っている。

電話をかけていたせいで、一人、遅れた。

「俺が甘かったな……」

あんな話を、まともに信じてくれる人間がいたら、それこそどうかしている。金子の反応が、ごく当たり前のところだろう。

つまり、黙って席を立って、出て行ってしまったのである。

しかし、ともかく、話してしまったことで、一つの救いが出来た、と月代は思った。

俺がもし殺されたら、金子だけは、疑惑を感じてくれるだろう。

それに、あの秘密も、他の人間へと広まって行くかもしれない。

「そうだ」

と月代は呟いた。あの話を、みんなにしゃべりまくってやろう。自分の体験としてでなく、耳にした噂として。

それが広まれば、後藤とて、押さえようがあるまい。月代を殺す意味もなくなる。

それが、助かる唯一の道だろう。

戦うには、相手が大きすぎる……。

だが、考えてみれば、自分自身、信じられないような出来事である。

しかし、あの、バーで話していた後藤の熱っぽい口調を耳にした月代は、あの話を信じざるを得なかった。悪夢のようだが、現実なのだ。

今、狂人が権力の座に座っている。

アメリカの大統領ほどの権限がないのが幸いと言う他はあるまい。もしできるなら、すぐにでも核ミサイルのボタンを押していたに違いない。

しかし、日本だからと言って安心はできない。たとえ、自ら核兵器を持っていなくても、戦争のきっかけを作ることぐらい、わけはあるまい。戦争をやめさせるよりは、遥かに易しいはずだ。

それとも――実際に首相の地位についてみて、あの男にも権力への執着《しゅうちゃく》、生への執着心が湧いて来たかもしれない。

そうなれば、我々は救われる。

少しも実感はない。当然のことだろう。

いきなり、

「君が人類の運命を左右する鍵を握っているんだよ」

と言われても、誰も本気にするはずはないだろう。

月代は、足を止めた。――二人の男が行く手を遮《さえぎ》っている。振り向くと、やはり二人の男が道路を遮っていた。

月代の顔から血の気がひいた。――殺される、と思った。

「月代和也というのはあなたか?」

男の一人が訊いた。月代は黙って肯いた。ナイフが光った。逃げなくては。――だが、足は動こうとしなかった。

ナイフが迫って来た。

「待て!」

鋭い声が飛んで、銃声がした。男たちが、一斉《いっせい》に散って逃げ出す。

「――大丈夫ですか？」

駆けつけて来たのは金子だった。

「金子さん！　助かりましたよ」

月代は、ふっとよろけた。金子が支えて、

「しっかりして！」

「大丈夫……何ともありません」

月代は息をついた。

「お宅まで送りましょう」

「すみません」

二人は歩き出した。――金子が言った。

「さっきは失礼しました」

「いいえ」

「びっくりしてしまいましてね」

「当然ですよ」

月代は肯いた。「あれで私を正気でないと思わない人がいたら、それこそおかしい」

「しかし、冷静に考えてみて、あなたの話は嘘にしては筋が通りすぎています。それに、あんな嘘をついて、何も得になることはない。——調べてみましたよ」

「何をですか？」

「バスの事故です。原因は、崖っぷちの道にちょうど運転手の死角になる所に大きな石が置いてあったせいらしいということです。それが転がり落ちて来たものか、人為的に置かれたものかは分からない、ということでした」

「なるほど」

「ついでにもう一つ調べてみたんです」

「というと？」

「あのとき、確かに後藤はその温泉にいました」

「よく分かりましたね！」

「あの近くで演説会がありましてね、応援演説に後藤が来ているのですよ」

「すると……」

「それでもう間違いない、と思ったのです。疑われて不愉快だったでしょうが」

「いや、そんなことはありませんよ。信じてもらえるとは思ってもいませんでした」

月代の本心だった。

「しかし、大変なことになりましたねえ」

と金子は言った。

「全くです」

「これからどうします?」

「とても太刀打ちできる相手じゃありませんからね。といって放ってはおけない。何かしなくてはなりません」

「いい手がありますか」

「私はジャーナリストのはしくれですからね、言葉で闘《たたか》うしかありません」

月代は、この話をできるだけ多くの人間へと広めて行くつもりだと説明した。

「なるほど」

「まだるっこしいですが、他に手はありませんしね」

「私の他、誰かにお話しになりましたか?」

「いえ、今の所あなただけです」

と月代は言った。「下手にしゃべれば、頭のほうを疑われてしまいますからね」

初めて笑うだけの余裕ができた。

「――どうも、送っていただいて」

と棟の前へ来て言うと、

「いや、一応、警官にも声をかけて行きましょう。どこにいるのかな」

「確かこの辺に……」

「月代さん！」

金子が鋭い声を出した。

棟の入口の両側が植え込みになっている。その陰に、警官が倒れていた。

「――気を失っているだけです」

「一体誰が……」

「奥さんたちが危ない」

と、金子は立ち上がった。

二人は階段を駆け上がった。月代も必死である。

「邦子！」

ドアを開ける。

「邦子！　美子！」

返事はなかった。

「どこにもいません」

月代は青ざめた顔で、玄関へ戻って来た。

「荒らされた様子もないが……」

「誘拐《ゆうかい》されたと思ったほうがよさそうですね」

金子は言った。「それなら室内は荒らされませんよ」

「畜生！　何て奴だ！」

月代はがっくりと玄関の上がり口に座り込んだ。

「お二人を取り戻さなくては」

と、金子が言った。「それが先決です。手紙のような物はありませんか」

「さあ……」

そのとき、電話が鳴った。月代は飛びつくように取った。

「もしもし」

「月代さんですね」

と、事務的な声が伝わって来る。

「そうです」

「こちらは総理大臣官邸です」

「何ですって？　いや――何のご用でしょう？」

「総理がお目にかかりたいと申しておられます。おいでいただけますでしょうか」

月代はゴクリと唾《つば》を飲んだ。

「伺《うかが》います。今すぐにですか?」

「車をそちらへ迎えにやります。それに乗っておいで下さい。ただし一人でお願いいたします」

「——分かりました」

電話は切れた。

月代は金子を見た。

「どうしたものでしょう?」

「向こうの言う通りする他ないでしょう。奥さんとお嬢さんの身が心配です」

「分かりました」

と、月代は肯いた。

「こちらでも誘拐事件として手配しましょうか」

「いや! それはやめて下さい!」

月代は強い口調で言った。「ともかく……私と、あの首相との間の問題なのですから」

金子がゆっくり肯いた。

「分かりました。おっしゃる通りにしましょう……」

一時間ほどして、車の音が聞こえた。

「来たようですね」

と、金子が玄関から出る。

月代は台所へ行くと、ナイフをつかんで、それをベルトに挟《はさ》み、上衣を着た。

「気を付けて」

と金子が言った。

「どうも。――申し訳ありませんが、ここにいて下さい」

「承知しました」

月代は下へ下りて行った。

黒塗りの車が停まって、運転手がドアを開けてくれる。

乗り込むと、すぐにドアが閉められた。

車が走り出す。月代は、外の団地の風景を眺めながら、また生きてこれを見ることがあるだろうか、と考えていた。

4

そこは間違いなく首相官邸だった。

職業柄、月代も何度か来ている。この間の、正に今度の事件の発端になったパーティも、ここで開かれたのだ。

ただ、こんな夜中にやって来たのは初めてであった。

門衛《もんえい》が運転手を確認して車を中へ入れる。車は玄関前に横づけになった。

迎えに出ていたのは、大村の葬儀に来ていた秘書だった。

「月代和也さんですな」

と顔をじっと見つめて、「お待ちしていました」

と、先に立って歩き出す。

古い建物のせいか、主な照明が消されると、ちょっと気が滅入るほど薄暗い。

廊下を辿って、古びた木のドアを開ける。

「ここでお待ち下さい」

と秘書が言った。

月代は中へ入って、見回した。——狭い、応接室らしい。ソファとテーブルで、ほぼ一杯になっている。

ドアが閉って、月代は一人になった。

一体これから何が起こるのか。全く予想もつかなかった……。

もう午前二時ぐらいにはなっているはずだった。

何より気がかりなのは、もちろん邦子と美子のことである。どういうつもりで、二人を誘拐したのか。そして自分を官邸へ呼んだのか。

苛々と歩き回っていた月代は、ふと足を止めた。

何かが聞こえる。囁《ささや》き声のようなものが……。月代はじっと耳を澄ました。

どうやら通風孔《つうふうこう》から伝わって来るようだ。月代はソファの上にのって、耳を近付けてみた。

「邦子……」

間違いない。もやついた声で、何を言っているのかは分からないが、邦子の声には違いない。

二人はこの中にいる!

月代はじっと待ってはいられなかった。ソファから下りると、ドアを開けて、廊下へ出た。――誰の姿もない。

月代は、ともかく、廊下を進んで行った。ドアがあると耳を寄せてみるが、何も聞こえない。

「――畜生！」

どこにいるのだろう？　あの通風孔から声がしたのだ。それほど遠いはずはないのだが。――そうか。横とは限らない。上か下かもしれないのだ。

「地下か！」

月代は、廊下を戻って、階段を見付けると下りて行った。

あの部屋の真下あたりに、見当をつけて進んで行く。ドアがある。そっと耳をつけてみた。

「もう少し我慢していなさい」

という邦子の声がする。――邦子！

月代は声を上げて呼ぼうとしたが、そのとき、人の話し声が近付いて来るのに気が付いた。

今、月代が下って来た階段のほうだ。月代はあわてて奥へと走った。明かりが消えて、暗がりになった所がある。

そこへ身を潜《ひそ》めて、息を殺した。

男が二人、やって来た。ドアの鍵を開けると中へ入って行く。――ややあって、邦子と美子が出て来た。

「主人はどこです？」

邦子が訊く。

「上の部屋で待ってる。さあ、歩いて」

邦子が美子の肩を抱いて、男たちに挟まれて歩き出した。

どこへ行くのか？　月代は、じっと後ろ姿を見送った。階段を通り越して、先のほうへと行ってしまう。

月代は、急に無力感に捉《とら》えられた。一体自分に何ができるのか。スパイ映画のヒーローではないのだ。

力もなく、誰の助けもない。どうやって、妻と娘を助け出せばいいのか……。

しばらくして、月代は一階の、初めに通された部屋へと戻った。――ひどく疲れてしまった。ぐったりとソファに身を沈めると、ベルトに挟んだナイフの感触があった。

そうだ。ナイフを持って来たのだった。

身体検査をされなかったのが、不思議だった。つい油断しているのだろうか。

急にドアが開いた。月代は、これが現実なのだろうかと、しばらくは目を疑っていた。

入って来て、ドアを閉め、その男は月代と向かい合って腰をおろした。

「私が後藤だ」

と、総理大臣が言った。

「私を憶えているかね」

と後藤が言った。

「いつも新聞やＴＶで見ていますよ」

と月代は用心深く言った。

「この前、ここでのパーティでも……」

「お会いしました」

「その前には？」

月代はしばらくしてから、

「――ええ、憶えていますよ」

と言った。

「やはりね」

後藤が肯く。「君はよほど運の強い男らしいね」

「そうですか」

「バスが転落したときも命拾いをした」

「ええ」

「パーティのときは別の名札で来ていたのだね」

「編集長が招《よ》ばれていたのです」

「そうか。気の毒なことだったね、あの編集長は」

月代は何も言わなかった。後藤は続けて言った。

「君は車にはねられかけもしたそうだね」

「ええ」

「しかもかすり傷一つ負っていない。全く運の強い男だ」

「そうでもありませんよ」

と月代は言った。

「ほう、そうかね」

「妻と娘を誘拐されて運がいいとは言わないでしょう」

「誘拐？　いや、お二人は君の身を心配して来られているのだよ」

「どうですかね。会わせて下さい」

「いいとも、話が終わったら会わせてあげようじゃないか」

「話というのは？」

「君はあのときの話を憶えているだろうね」

「ええ」

「それを誰かに話したり、書いたりしたかね？」

「いいえ」

月代は即座に答えた。

「そうか」

「やっと思い出したばかりですからね」

「ふむ。――私のほうは気が気ではなかったよ。あのパーティで君の顔を見て、あわてたね」

「私がどこかへ書くとでも？」

「もう書いたのではないかとね。分かってくれ。私の味方は少ない。私の足をすくいたがっている奴がいくらでもいる。その口実を与えたくない」

「口実、ですか」

「口実だよ。他に何があるね」

「本心じゃないのですか」

「私が、本当に人類を滅ぼそうとしていると思うのかね」

「そうでなければ、なぜ人を殺してまで隠そうとするんです？」

「誤解しないでくれ。私が殺したわけでも、殺させたわけでもないよ」

「当然お認めにならないでしょう」

「もちろんさ」

後藤は、しばらくしてから言った。「私は――あのとき、挫折《ざせつ》していた。ボスだった大田原《おおたわら》に見放されて、将来は全く閉ざされたように見えた。珍しく飲んで、酔った。――もともとアルコールに強いほうではないのでね」

「行き合わせた私にしゃべった、というわけですね」

「そう……。後になって、私は愕然《がくぜん》とした。決して口にしてはいけないことを、しゃべってしまった」

後藤の声が少し震えた。「何とかしなくてはならなかった……」

「それでバスを転落させたんですか」

「どうかね。私は何もしていない」

「それはそうでしょう」

「あれは事故だよ」

「あなたには好都合な事故だった」

「肝心の相手は死ななかったがね」

月代はじっと首相の目を見据えて、

「私にどうしろとおっしゃるんです」

と言った。

「総てを忘れること。そしてどこか遠くへ行ってもらうことだ」

「もしいやだと言えば？」

「奥さんやお嬢ちゃんが可愛いだろう。いくら浮気した奥さんでもな」

月代は拳を握りしめた。後藤は微笑んで、

「私たちには何でも分かるのだよ」

と言った。「それを知らせてやりたかったのさ」

後藤は本当に、しゃべらないと約束すれば邦子と美子を返すつもりだろうか？　そして、総てを忘れて、片田舎へ引っ込めば、それで済むのか？

月代には、そうは思えなかった。平気でバスを転落させ、大村を殺した後藤である。

月代一人を、どうして見逃すものか。

どこか遠くで、ひっそりと暮らそうとしたところへ、何かが起きるのだ。

そして——遠からず、彼は狂った野望を実現させるだろう。

どうせ死ぬのなら、後藤を殺して死んだほうがいい。——そうだ。それに、自分の他にも、知っている人間がいるのだ。

ドアがノックされた。

「入れ」

と後藤が言った。

ドアが開いて、入って来たのは、金子だった。

「ご苦労だった」

と、後藤が言った。

「いいえ」

「どうだね。話は聞いたか」

「はい」

「それを聞いたのは？」

「私だけです」

「確かか?」

「だと思います」

「思いますでは困る」

「はい」

「どうかね」

「私だけです」

「そうか」

後藤は肯いた。

月代は打ちのめされた。金子までが……。そうだったのか。

月代はナイフをつかんで立ち上がった。後藤へ向かって突き出す。

その腕を、金子がつかんでねじ上げた。ナイフが落ちる。

「——身体検査をしなかったのか」

後藤はナイフをハンカチでつまみ上げると、

「怠慢《たいまん》だな」

と言った。

月代は、背中に腕をねじ上げられて、テーブルへ押さえつけられていた。

「君はいいＳＰになれそうだ」

と後藤が言った。

「ありがとうございます」

金子が顔を輝かせた。

後藤が金子の後ろに回った。

「この男はどうしましょう？」

と金子が訊く。

「そうだな」

後藤は、月代のナイフの柄をハンカチでくるんだまま握ると、金子の背中へ突き立てた。

金子が大きく息を吸い込んで、むせた。そして、戸惑ったように、目を大きく見開いて後藤を見た。それから、床へ崩れるように倒れた。

月代は唖然《あぜん》として、それを眺めていた。

「どうしてこの男を……」

「殺したのは君だ」

と後藤が言った。

「何ですって?」

「ナイフは君の物だ。指紋も君のものだ。警官殺しは死刑ということになるね」

月代は、じっと、身動きもせずに、死体を見下ろしていた。

まるで、自分が死んで、そこへ倒れているような、そんな気がした。


「あなた」

と、邦子が言った。

「ああ」

月代は、起き上がった。

「寝てばかりいて、体に悪いわ」

「うん」

月代は、立ち上がって伸びをした。

大分、陽が弱くなり始めて、残暑がやっと終わろうとしていた。

窓から、月代は団地の立ち並ぶ棟を見回した。

「よかったわね、すぐに就職が決まって」

と邦子は言った。

「そりゃそうさ。首相の推薦《すいせん》だものな。決まらないはずがないよ」

「でも、いい方ね。誤解で迷惑をかけたからって、そこまで気を遣って下さるなんて」

月代は曖昧《あいまい》に笑った。

「もう夕方ね」

と邦子は表を見た。「カーテンを閉めましょう」

「美子は？」

「峰塚さんの所。暗くなる前に帰るように言ってあるんだけど」

月代はまた畳の上にゴロリと横になった。

「いやあね、どうしたの、また？」

月代は邦子を引き寄せて抱きしめた。

邦子が面食らって、

「何してるの――美子が帰って来たら――」

腕を振りほどこうとする。月代は構わず邦子の上になって押さえつけた……。

「どうするね」

後藤は月代の顔を見て言った。「この刑事の殺人犯として死刑になるか。それとも、総てを忘れると約束して自由になるか」

月代は、後藤を見つめた。

「なぜ殺さない？」

「殺す必要はない。刑事殺しの犯人として突き出せば、国が君を殺してくれる。君が何を言おうと、誰も信じやしないよ」

「なぜそうしない？」

後藤は微笑んで言った。

「善良な国民は大切にしなくてはね」

月代は力なく息をついて、

「分かったよ」

と呟くように言った。

「一体……どうしたの……」

邦子は、息を弾《はず》ませて、咎《とが》めるように言った。「こんなこと、したことなかったのに」

月代は起き上がって、天井のほうへ目を向けた。——爆音が頭上を駆け抜けて行く。

「このところ多いな」

「そう？」

邦子は服の乱れを直しながら、「いちいち数えちゃいないわ」

と立って、台所へと行ってしまった。

月代は窓のほうへ行って、カーテンを開けた。米軍の戦闘機が二機、基地のほうへと戻って行く。

月代は頭を抱え込むようにして、うずくまった。

後藤は言った。

「君が、私との話を少しでも洩らそうとしたら、大きな犠牲が出る。覚悟しておきたまえ」

「どういう意味です？」

と月代は訊いた。

「戦闘機、爆撃機が、いつも君の団地の上を通っている。誤って爆弾が一つぐらい落ちることもあるかもしれないよ」

月代が目を見張った。後藤が言った。

「しょせん、現代ではみんなが人質さ。縛り上げられ、喉へナイフを突きつけられているのも同じことだ」

人質か。それはその通りだろう。

「みんなが核兵器と隣り合わせに暮らしているんだよ。避けようがない限り、千キロ離れていても、隣の家にあっても同じことだ。いや、同じ家の中にあるようなものかな」

後藤はちょっと笑って、「言うなれば、〈核〉家族の時代というところかな」と言った。

月代は、家を出ると、駅前へ出て、バーに入った。

まだ客はない。バーテンが暇そうにTVを見ていた。

水割りを飲んでいると、TVはニュースになった。

「――ほう後藤首相ですよ」

と、バーテンが言った。

後藤が、来日した米軍の司令官と会談しているフィルムが映《うつ》っている。

「いいねえ、あの人は」

とバーテンが言った。

「そうかい？」

「第一、カッコいいじゃないですか」

「ふん」

「それに言うことが一本筋が通ってるよ」

「そうかね」

「そう思いませんか？」

「あまり興味がないんだ」

と月代は言った。

「いいねえ。男はああでなくっちゃ。日本だってやり返してやりゃいいんですよ」

バーテンはしきりに感心している。

「狂ってる」

と、月代はそっと呟いた。

「え？」

「正気じゃないのさ、後藤は」

月代は代金を置くと、バーを出た。

また空を軍用機の編隊《へんたい》が横切って行く。

通りを歩きながら、月代は空を見上げていた。——このところ、確かに数が増えている。

後藤が、その夢を果たす日が、近付いているのかもしれない。

どうなるのか。そして、どうすればいいのか。——今さら、何が出来ようか。

総てを忘れると約束してしまったのだ。敗北を認めたのだ。それを、承知しているだけに、苦しかった。

美子を見る度に、胸苦《むなぐる》しさに襲われる。

この子が大人になって、幸福をつかむまで、この世界はこのままでいられるだろうか?

あの狂った頭脳に、我々の未来を任せているのだ。

月代は、横断歩道の手前で足を止めた。赤信号になったのだ。

ぼんやりと待っていると、突然、鋭い痛みを背中から胸もとに感じた。

ハッと振り向く。男が車へ飛び乗って、走り去る。

月代はがっくりと膝をついた。——刺されたのだ。

畜生! どうしてだ? 俺が何をした!

そうか。さっきのバーで後藤を〈狂っている〉と言ったからか。一体どこで聞き耳を立てているのだ。

背中が濡れるのが分かる。血だ。

「キャーッ！」

と悲鳴が起きた。セーラー服姿の女学生が、目を大きく見開いて立っていた。

「君……」

「しっかりして下さい！　今、救急車を――」

「いいんだ。聞いてくれ」

と月代は言った。

「何ですか？」

「後藤首相を知ってるね」

「ええ……」

「僕を殺させたのは、首相なんだ」

「何の――話ですか？」

少女は戸惑っている。

「聞いてくれ。彼は狂ってるんだ。人類を滅ぼそうとして……」

力を振り絞《しぼ》って、月代はしゃべった。しゃべり続けた。そして急にむせると、口の端から血が溢《あふ》れ出た。

少女が飛びのいた。月代はそのまま、倒れて動かなくなった。

その少女は、救急車が来て、パトカーが来るのを見ていた。そして、もうあの男が死んでしまったことを知った。

救急車で運ぼうとしなかったからだ。そして、死んだ男の妻らしい女が駆けつけて来ると、遺体にすがって泣き伏すのを見ていた。

少女は、もう三十分以上も、ここにいたことに気が付いた。

急いで歩き出す。

あの男の人の言ったことは、何だろう、と思った。

首相が、人殺しだって。そして世界を滅ぼそうとしているって……。

「馬鹿みたい！」

と少女は呟いた。

でも死にかけた人が嘘をつくかしら。あれがもし本当だったら？

少女は家路を辿る足を速めた。

TVのニュースが始まっている。

「後藤総理大臣は、今日午後、健康上の理由により、辞任するとの意志を表明しました。元・出版社社員月代和也さん殺害に何らかの形で関わったのではないかとの、報道に対し、一貫して否定を続けて来た後藤首相ですが、月代さんの未亡人邦子さんの証言などから、一層疑惑が深まっていたものです。なお検察当局は――」

邦子は食事の仕度を終えて、美子の帰りを待っていた。

夫のいない食卓の寂しさにも、やっと、慣れて来た。

狭苦しくて、文句ばかり言っていたこの団地も、一人では何とだだっ広いことだろう。

邦子は一人、所在なく、茶の間に座っていた。――頭上に、爆音が聞こえた。

「一向に減らないわね」

邦子は、ポツリと呟いた。

解説——賞味期限は無期限です

村上貴史

■四二作

赤川次郎がデビューしたのは、短篇「幽霊列車」で第十五回オール讀物推理小説新人賞を獲得した一九七六年のことであった。そして、彼の著書が初めて書店に並んだのは、翌年、一九七七年である。ソノラマ文庫から刊行された長篇『死者の学園祭』が、記念すべき第一冊であった。

その後、瞬く間に人気作家となった赤川次郎は、オール讀物推理小説新人賞受賞作で始まった女子大生永井夕子と宇野警部の《幽霊》シリーズや、片山兄妹と猫のホームズが活躍する《三毛猫ホームズ》シリーズ、綾子・夕里子・珠美の《三姉妹探偵団》シリーズなど、様々なシリーズを次々と世に送り出していく。その一方で、シリーズに属さない長篇や短篇も精力的に書いていった。本書は、そんなノンシリーズの短篇集。赤川次郎にとって四二冊目の著作であり、一九八二年に青樹社から刊行された。

■七篇

本書に収録されているのは、主にサラリーマン社会を舞台とした七篇である（女子大の寮を舞台とした一篇もある）。

「コピールーム立入禁止」は、ある理由から散弾銃を発射しようと決意した会社員・塚本を主人公とした物語。赤川次郎は、彼の心境をくっきりと描くだけでなく、事件に奇妙な形で巻き込まれていく同僚の女子社員・紀子を登場させることで、先の展開を全く読ませない形で仕上げている。その筆さばきは実に巧みだ。また、ともすれば殺伐としがちな物語に救いをもたらしている塚本の義姉の一寸《ちょっと》とぼけたキャラクターや、これ以上ないというほど印象的なラストシーンにもご注目を。

第二話「善意の報酬」では、平凡に生きてきたサラリーマンの川田が、その日常のなかで不意に足元をさらわれる。川田の「善意」が彼に悲劇をもたらす――それも徹底的な悲劇を――というドラマであり、一気に読ませる迫力に満ちている。一〇〇頁《ページ》で作品のもう一人の中心人物である女性が浮かべる〝微《かす》かな笑い〟が抜群にスリリングである。

続く「手土産に旨《うま》いものなし」も巻き込まれ型の一篇。出張のおみやげといういかにもサラリーマン社会的な要素が、少ないページのなかでかっちりと起伏のある短篇に纏《まと》められており、著者の力量がよく判る一篇である。人の裏と表という普遍的なテーマも見事に練り込まれている。

冴えないサラリーマンが、男性社員の憧れの的の女性に何故《なぜ》か誘われて……というのが第四話「燃え尽きた罪」。ミステリ読者であればきっと何か裏があると勘ぐるであろうが、赤川次郎は、冴えないサラリーマン側に裏工作をする事情を与えるのだ。この視点が実に新鮮である。そこに、なにやら後ろ暗いことに手を染めている社員の存在もちらつき、といった具合に物語は展開していく。結末も洒落《しゃれ》ていて愉しめる作品だ。

第五話「冷たい雨に打たれて」は、先に述べた例外的な一篇。女子大の寮を舞台に、女王のように振る舞っていた四年生が殺された事件が描かれている。本書において最も本格ミステリ色の濃い作品といえよう。同時に、寮という一つの社会の人間関係もきっちりと描かれており、その意味でこの短篇集に相応《ふさわ》しい作品である。

サラリーマンの吉沢が会社にかかってきた娘からの電話で始まるのが第六話「充《み》たされた駈落《かけお》ち」。娘の電話は、妻の家出を知らせるものであった。会社にばれないように妻の行方を探すうちに、その家出の奇妙さが判明していくというこの作品。展開の意外性という意味では本書でも一、二を争う。家出の動機を含め、短篇ミステリの愉しみを満喫できる逸品だ。

最後「世界は破滅を待っている」は中篇と呼ぶべき長さの作品。編集長の代理で首相との懇親会に出席した月代と目を合わせて、首相の表情が一変した。そして、月代の身近な人間が何者かに殺され、また、彼自身にも危険が及び始める……。どちらかといえば平凡な会社員であり、無難に家庭生活を営んできた月代を主人公として、権力の恐ろしさを冷酷に描いた作品である。赤川次郎を評するときによく用いられる〃ユーモアミステリ〃というレッテルからは想像しにくい仕上がりだが、もともと彼の作品は、『マリオネットの罠』（一九七七年）の陰鬱《いんうつ》さや、『三毛猫ホームズの推理』（一九七八年）が結末で示す苦さなど、〃ユーモアミステリ〃というレッテルをはみ出す特徴を備えていた。この表題作は、赤川次郎のそうした方向での才能が発揮された一篇であり、上質な緊張感、緊迫感を堪能できる。

本書は、これら七篇のミステリを通じて、人間社会の様々な表情をバラエティー豊かに語っている。赤川次郎ならではの読みやすさのなかに、社会に対する問題意識が程よく溶かし込まれた好短篇集といえよう。

■五〇〇冊

さて、今回の文庫化に先立ち、赤川次郎の著作はついに五〇〇作を超えた。二〇〇八年二月に刊行された『三毛猫ホームズの茶話会』のカバーには〝著作は、本書で五〇〇冊となった〟と記されている。（ほぼ同時期に刊行された『ドラキュラ城の舞踏会』を五〇〇冊目とする説もあるが、同書巻末に〝デビューから現在までの著作は五〇〇冊を超え〟とあることから、本稿では『〜茶話会』を五〇〇冊、『〜舞踏会』を五〇一冊目として扱っている）。一九七七年に初めての著書が書店に並んでから三〇年あまり。年に一五作以上書いているという恐るべきハイペースである。しかも、それが濫造《らんぞう》であったなら読者に見限られるであろうが、赤川次郎人気は常に高い水準を保っているのだ。まさに怪物——その作風からは似合わない形容ではあるが——といえよう。

大手企業グループの代表が事故死し、跡を継いだ妻も自殺してしまったことから、その座は、事故死した代表の娘・川本咲帆に転がり込むこととなった。ドイツから七年ぶりに帰国した弱冠二五歳の彼女を待ち受けていたのは、なんと暴漢の刃であった……。

とまあ『三毛猫ホームズの茶話会』はこうした具合にはじまり、片山と晴美、石津とホームズというお馴染みの面々が、咲帆を取り巻く事件の解決に奮闘するのである。結末まで安心して愉しめる、いかにも赤川次郎らしい一冊といえよう。

作品点数の多いミステリ作家といえば、西村京太郎や斎藤栄が知られるが、その二人にしても五〇〇冊には到達していない。西村京太郎のデビューが一九六三年、斎藤栄が一九六〇年ということを考えると、赤川次郎のペースの凄さがよりいっそう理解できるだろう。

ちなみに、世界のミステリ界を見渡すと、一九三〇年にデビューし、一九三五年に専業作家となり、そして一九七三年に亡くなるまでの約四〇年間に五〇〇冊以上の著作を発表したという作家もいる。ジョン・クリーシーがその人。彼は本名のジョン・クリーシー以外に、J・J・マリックなど様々なペンネームを駆使して多くのシリーズ作品を書き継ぐと同時に、英国推理作家協会の設立にも尽力し、初代の会長をも務めた（後にアメリカ探偵作家クラブの会長も務めた）。ちなみに、同協会の最優秀処女長編賞は、クリーシーの没年である一九七三年からジョン・クリーシー記念賞としてスタートしている。

クリーシーの作品では、J・J・マリック名義で発表した《ギデオン警視》シリーズが複数の事件の捜査が並列に進行する〝モジュラー型〟の警察小説の元祖として有名。英国推理作家協会賞シルヴァー・ダガー賞を獲得した『ギデオン警視の一週間』や、アメリカ探偵作家クラブ賞最優秀長編賞を受賞した『ギデオンと放火魔』など、入手はそれほど容易ではないが、赤川次郎ファンにも是非読んでみていただきたいと考える。

■一九八二年

……首相としては、誠に珍しく、ロマンス・グレーといってもいい好男子である。スマートな長身に、英国仕立てのスーツがぴったりと合って、半ば白くなった髪が、形よく波打っていた。

この文章を読むと、あの首相を思い起こす方が大半だろう。特に女性層を中心として人気が高い点といい、指導力を発揮してジャーナリズムや世論も好意的に受け止める点といい、とにかくあの首相（特に誕生当時）の姿がちらついて仕方がないのだ。

だが、この〝首相〟はあの首相ではなく、本書の表題作「世界は破滅を待っている」の登場人物の一人なのである。首相が鈴木善幸から中曽根康弘に交代したという一九八二年に刊行された赤川次郎の著作の登場人物なのだ。

なんと予言的であることか。

こうした時代を先取りするかのような描写は、本書のあちこちで見受けられる。特に、昨今の殺人事件を彷彿《ほうふつ》させる断片が目につく。自分と直接利害関係のない他者を、自分の勝手な都合や思い込みで殺《あや》めるという考え方が、本書の収録作に何度も登場しているのだ。一九八〇年八月の新宿西口バス放火事件や一九八一年六月に発生した川俣軍司による通り魔殺人などが本書収録作に与えた影響を推測することは出来るが、それにしても、本書に登場する殺人の動機は、当時よりもよっぽど今日的である。例えば三五頁近辺で「コピールーム立入禁止」の主人公が女子社員を相手に語る内容にドキリとさせられる方も少なくなかろう。裏返して言えば、赤川次郎の著作が四半世紀以上経過した今でも、賞味期限切れにならず、全く古びていないということのあらわれなのである。

そしてまた、別の観点からも本書の今日性を窺《うかが》うことが出来る。中篇「世界は破滅を待っている」に似て、権力に狙われた市井《しせい》の男の無力さと、その包囲網のなかでも戦い続ける姿を描いた小説が、二〇〇八年、第五回本屋大賞を獲得したのだ。その小説とは、伊坂幸太郎の『ゴールデンスランバー』。書店員が最も売りたい本として選んだこの作品は、首相暗殺の濡れ衣《ぬれぎぬ》を着せられた青年を主役とした物語であり、キャラクターといいスピード感といい構成のスキのなさといい、非の打ち所がない長篇小説である。こちらも是非お読みいただきたい。

ちなみに、この『ゴールデンスランバー』が描く仙台の町の特徴と、赤川次郎の五〇〇冊目の著作『三毛猫ホームズの茶話会』の犯罪の背景は、意外なことに共通しているのである(『三毛猫ホームズの茶話会』の〝著者のことば〟に是非ご注目を)。一九七一年に生まれて二〇〇〇年にデビューし、『ゴールデンスランバー』が第一四作という若き才能と、一九四八年に生まれて著作五〇〇作を超える三〇年選手が同じ点に着目したというのは、なんとも興味深い事実である。それと同時に赤川次郎の頭の、相変わらずの〝若さ〟を示すエピソードともいえよう。

それにしてもこの若さ、不老不死と呼びたくなるほどである。不老不死といえば吸血鬼。赤川次郎の人気シリーズの一つが『吸血鬼はお年ごろ』に始まる《吸血鬼エリカ》シリーズであり、また、五〇一冊目の著作が『ドラキュラ城の舞踏会』というのは、おそらく単なる偶然であろうが……赤川次郎については、これからも不老不死で素敵な作品を生み出し続ける姿しか想像できないのもまた確かなのである。

二〇〇八年五月

本書は2008年6月徳間文庫で刊行されたものの新装版です。なお、本作品はフィクションであり実在の個人・団体などとは一切関係がありません。

徳間文庫

世界《せかい》は破滅《はめつ》を待《ま》っている

〈新装版〉

2017年11月15日 初刷

著者 赤《あか》川《がわ》次《じ》郎《ろう》
発行者 平野健一
東京都港区芝大門二―二―二〒105―8055
発行所 株式会社徳間書店
電話 編集〇三(五四〇三)四三四九 販売〇四八(四五一)五九六〇
振替 〇〇一四〇―〇―四四三九二
印刷 凸版印刷株式会社
製本 株式会社宮本製本所

ISBN978-4-19-894271-7 (乱丁、落丁本はお取りかえいたします)